似水流年，谁在岁月里浅浅叹息

林建法　艾明秋——主编

辽宁人民出版社

© 林建法　艾明秋　2023

图书在版编目（CIP）数据

似水流年，谁在岁月里浅浅叹息 / 林建法，艾明秋
主编 . —沈阳：辽宁人民出版社，2023.1
（太阳鸟文学精选）
ISBN 978-7-205-10496-2

Ⅰ.①似… Ⅱ.①林… ②艾… Ⅲ.①散文集—中国
—当代 Ⅳ.① I267

中国版本图书馆 CIP 数据核字（2022）第 143568 号

出版发行：辽宁人民出版社
　　　　　地址：沈阳市和平区十一纬路 25 号　邮编：110003
　　　　　电话：024-23284191（发行部）　024-23284304（办公室）
　　　　　http ://www.lnpph.com.cn
印　　刷：北京长宁印刷有限公司天津分公司
幅面尺寸：145mm×210mm
印　　张：7.75
字　　数：125 千字
出版时间：2023 年 1 月第 1 版
印刷时间：2023 年 1 月第 1 次印刷
责任编辑：赵维宁　蔡　伟　段　琼
封面设计：琥珀视觉
版式设计：一诺设计
责任校对：刘再升
书　　号：ISBN 978-7-205-10496-2
定　　价：48.00 元

目录

01

吴越春秋事

◎李敬泽

鱼与剑

有白鱼在长江太湖，天下至味也。

白鱼至鲜，最宜清蒸。在下晋人，本不甚喜吃鱼，但酒席上来了清蒸白鱼，必得再要一份，眼前的这份自己吃，再来的那份大家吃，人皆嘲我，而我独乐。

读袁枚《随园食单》，说到白鱼，曰："白鱼肉最细"，这当然不错，但细则薄，而白鱼之细胜在深厚丰腴，所以也宜糟。袁枚又说："用糟鲥鱼同蒸之，最佳。或冬日微腌，加酒酿糟二日，亦佳。余在江中得网起活者，用酒蒸食，美不可言。"——不可言不可言，唯有馋涎。

总之，清蒸好，浅糟亦佳，至少到清代，这已是白鱼的通行吃法。

还有一种吃法，随园老人听了，必定大叹罪过可惜。那便是——烧烤。

苏州吴县胥口乡有桥名炙鱼，两千五百多年前，此地的烧烤摊连成一片，烤什么？不是羊肉串，当然是烤鱼。那时的太湖，水是干净的，无蓝藻之患，鱼与渔夫与烧烤摊主与食客同乐。那时的吴人也远没有后来和现在这么精致，都是糙人，该出手时就出手，打架杀人等闲事，吃鱼不吐骨头。清蒸，那是雅吃，烧烤，恶做恶吃，方显吴越英雄本色。

这一日，摊上来一客，相貌奇伟：碓颡而深目，虎膺而胸背。"碓颡"解释起来颇费口舌，不多说了，反正中学课本里北京猿人的塑像应该还没删，差不多就是那样。该猿人坐下就吃，吃完了不走，干什么？要学烤鱼。

问：他有什么嗜好？

答：好吃。

问：他最爱吃什么？

答：烤鱼。

现在，谈剑。春秋晚期，吴越之剑名震天下。据专家猜，上次谈到的太伯、仲雍两兄弟，从岐山周原一路逃到吴地，占山为王，同时带来了铜匠。彼时的铜匠是顶级战略性人才，价值不下于钱学森。几个陕西师傅扎根于边远吴越，几百年下来，肠胃由吃面改成了吃鱼，吴越也成了特种钢——准确说是特种铜——工业中心。欧冶子公司、干将莫邪夫妻店都是著名的铸剑企业，所铸之剑，"肉试则断牛马，金试则截盘匜"，盘匜，就是铜盘子铜水盆儿，剑下如西瓜，一切两半儿。

当时的铸剑工艺，现在恐怕是说不清了。大致是，起个窑，安上风箱，点火之后倒矿石，再倒炭，再倒矿石，再倒炭，最后铜水凝于窑底，便可出炉、煅剑。

实际当然没那么简单，否则大炼钢铁也不至于白炼。矿石倒下去炼出精金，或者，铜盘子铜盆扔下去炼出废渣，办法一样，结果不同，这就叫运用之妙，存乎一心。那时不必写论文评职称，也没有专利费可收，心里的事古代的工匠死也不说。但古时大众偏就想知道，想啊想，中国式的想象终究离不了此具肉身，所以，据说，是炼剑师放进了头发、指甲，乃至自己跳进炉子去，当然，跳下去的最好是舒淇一样的美女才算过瘾。——据说有一出讴歌景德镇瓷器的大戏就是这么编的，真不知道他们还想不想卖餐具了。

我家菜刀，宝刀也。灯下观之，霜刃之上冰晶之纹闪烁，正是传说中的"龟文漫理""龙藻虹波"。倒推两千五百年，便是一刀出江湖，惊破英雄胆！春秋之剑，登峰造极之作，刃上皆有此类花纹隐现，"如芙蓉始出，如列星之行，如水之溢于塘"。我家菜刀上的花是怎么来的，我不知道，但专家知道，春秋剑上花是怎么开的，专家也不知道。

有周纬先生，专治古兵器史，逝于1949年，博雅大痴之士，不复再有。他老人家从印度的大马士革刀说到马来半岛的克力士刀，都是花纹刀，也都探明了工艺，而且据他推测，克力士刀的技术很可能是古吴越工匠所传。但说到底，大马士革刀和克力士刀乃钢刀铁刀，春秋之剑却是铜剑，所以，还是不知道。

人心不可窥，天意或可参。一日，有相剑者名薛烛，秦国人，远游至越，有幸观摩欧冶子出品之剑，其中一柄名鱼肠，顾名思义，剑刃之上，纹如鱼肠。

薛烛一见此剑，神色大变："夫宝剑者，金精从理，至本不逆。今鱼肠倒本从末，逆理之剑也。佩此剑者，臣弑其君，子杀其父！"

该评论家像如今的学院评论家一样，论证是不要人懂的，但结论我们都听清楚了：

鱼肠，大凶之器也。

命里注定，它是鱼肠，它等待着君王之血。

吴王僚在位已经十三年，即位时他应已成年，那么他现在至少也该三十岁了。这一天，三十岁的吴王僚来找妈妈：

"妈妈妈妈，堂哥请我到他家吃饭。"

妈妈说："堂哥不是好人啊，小心点小心点。"

吴王僚可以不去的，可不知道为什么，他竟去了。也许他不愿让他的堂哥看出他的恐惧，可是，他同时又在盛大夸张地表演他的恐惧：他穿上三层进口高级铠甲，全副武装的卫兵从他的宫门口一直夹道站到他堂哥家门口。进了大堂，正中落座，前后站十七八个武士，寒光闪闪的长戟在头顶搭成一个帐篷。

摆下如此强大的阵势，仅仅是为了防守，真不知他是怎么想的，也许，一个弱点损伤了他的判断力：他爱吃鱼，爱吃烤鱼。他一定听说了，堂哥家里来了一位技艺高超的烤鱼师傅。

然后，那位北京猿人出现了，他端着铜盘走来，铜盘里是烤鱼，香气扑鼻。他站住，突然——

那是一刹那的事：他撕开烤鱼，扑向吴王僚，武士们警觉的戟同时劈刺下来，他从胸到腹豁然而开，肠子流了一地。

然而，晚了，吴王僚注视着自己的胸口，一柄短剑，胸口只余剑柄，剑尖呢，在他背后冒了出来。

鱼中有鱼肠，臣弑其君。

吴王僚此时是在心疼那盘烤鱼，还是在大骂进口防弹衣的质量问题？

刺客名专诸，主谋公子光，后者登上王位，改号阖闾。

专诸是先秦恐怖分子中最为特殊的一例。他没有任何个人的和政治的动机，他与吴王僚无冤无仇，他和公子光无恩无义，他的日子并非过不下去，严格来说，他是楚人，谁当吴王跟他也没什么关系。

他图什么呀，从《左传》到《史记》都说不清楚。东汉赵晔的《吴越春秋》中杜撰一段八卦，小说家言，于史无证，我以为却正好道出专诸的动机：

后来辅佐阖闾称雄天下的伍子胥，有一次碰见专诸跟人打架，"其怒有万人之气，甚不可当"，可是，后方一声喊：还不给我死回去！疯虎立时变了乖猫，跟着老婆回家转。事后二人结识，伍子胥笑问：英雄也怕老婆乎？专诸一瞪眼：俗了吧俗了吧，大丈夫"屈一人之下，必伸万人之上"！

他必伸万人之上，他也必屈一人之下。他一直在寻找那个出了家门之后的"一人"。未来的吴王阖闾使伍子胥这样的绝世英雄拜倒于脚下，他注定就是专诸要找的那人。

人为什么抛头颅、洒热血，为名，为利，为某种理念某种信仰，但也可能仅仅因为，人需要服从，绝对的服从，需要找到一个对象，怀着狂喜为之牺牲。

夏虫不可语冰。春秋之人太复杂，今人不复能解。

桑树战争

风云突变，两个娘儿们开了战。

主题是，哪个烂肠子下作小娼妇偷采了我的桑叶，让她家的蚕死光、生孩子没屁眼！

云云，云云。

天不变，道亦不变。有些事像头上顶着天一样，现在如此，两千年前亦如此。比如，女人打架的方式。所以，这一战的战术不必细表，总之是言词迅速升级为肢体，揪头发、挠脸、抓奶子、张嘴咬等等。

那棵桑树沉默着，它是战争的根由，是它挑起了人类永恒的愤怒和激情。它当然只是一棵桑树，可是它长得不是地方，它正好就站在吴国和楚国的边界线上。问题是，边界线也并不是一条线，它与其说是画在大地上，不如说是画在人心里，而人心，你知道，古今都一样，这棵满是鲜美桑叶的树立在那儿，对于两千五百年前勤于桑蚕事业的吴妇女和楚妇女来说，那就是一口油井！于是，那条线原本是怎样，吴楚有了完全不同的说法，而那棵树归吴或归楚，就成了必须用牙和指甲解决的问题。

总之，在某个清晨，吴妇女或楚妇女赫然发现，那棵树上的叶子竟然都被采光了！谁干的？当然是卑鄙的楚国人或吴国人干的！

女人之间的战争只是序幕，女人真正的杀伤性武器是她们的男人，孩子他爹啊，你个死鬼啊，我怎么就嫁了这么个软蛋啊。

软蛋不得不硬起来，拳头和锄头齐出，到当天日落时分，楚方大胜，灭了吴方满门。

这也不是什么新鲜事，两千多年间，中国民间为了争夺生存资源，甚至为了赵家狗看了我一眼，宗族械斗打得鸡飞狗跳可说是无日无之。但现在，问题不是张家和李家、东村和西村，问题是，吴国和楚国。

于是，问题不可能不了了之，事态迅速升级，那时没有电报没有手机，那时的干部也没有事事请示的习惯，吴国地方官二话不说，发兵越界，把对方一个村屠得鸡犬不留。

这就叫边境冲突，在此之前，这件事和历史无关，等于没有，在此之后，再不来看热闹还算什么史学家！史家之笔嗜血，他们对人类事务重要性的判断基本上是以出血量为准，司马迁眼看着血流漂杵，直写得大珠小珠落玉盘：

卑梁大夫怒，发邑兵攻钟离。楚王闻之怒，发国兵灭卑梁。吴王闻之大怒，亦发兵，使公子光因建母家攻楚，灭钟离、居巢。楚乃恐而城郢。

这段文字见《史记·楚世家》，有兴趣的自己找来看，在下就不讲解了，总之，桑树之战演变成了吴楚之间的大规模战争，而吴方占了上风。

太史公这寥寥一段文字堪称寸铁杀人，胜过在下两千字，胜过张召忠马鼎盛半个月的口水。"怒""怒""大怒"，战争不断升级不过源于怒气不断高涨。而最后一个"恐"字，辣如后世楚人嗜吃的辣椒，直道出人之轻浮、易变。人之怒有时是出于尊严、豪情，只可惜它差不多像爱情一样不能持久，一转眼，不过失了边境两城，就慌慌张张在首都大修工事，莫非堂堂楚国，都城之外都不打算要了吗？还是大人先生们只想着守住自家的豪宅？

关于桑树之战，《史记》和《左传》说法互异，比照起来看，似乎是太史公只顾了笔下爽利，把前现代的一场战争写成了间不容发的闪电战，其实那时，消息传得慢，又没有高速路，调兵遣将更慢，一场战争如同又臭又长的连续剧，从"怒"到"恐"，怎么也得大半年，这期间还发生了很多事，太史公嫌麻烦，全给省了。比如吴国打钟离，是地方官员自作主张，烧杀抢掠出了气，应是撤兵而还。这边楚王怒了，又去灭卑梁，灭了卑梁就该想到吴王会大怒，但楚王偏偏想不到，或者想到了，他以为他能摆平，摆平的办法就是，率领舰队，浩浩荡荡，沿着吴国边界巡游，顺便还访问了越国，与越王举行了亲切友好的会谈。

这一套办法，古今也没什么变化，这叫武力威慑，这叫建立战略同盟，很好很给力。但是不管什么时候，总有人说不中听的话、说风凉话，也没人请他上电视，但他就是忍不住要说。比如当日楚国就有这么一个讨厌的，名叫戌。戌先生冷眼看天下，在博客上发了一通议论：

咱们楚国到底是想打呀还是不想打？是想大打还是想小打？真要想打就别这么敲锣打鼓的，你当打仗是唱戏啊？咬人的狗不叫，会叫的狗不咬，摆出个架势来可又没真想打，那就是找打，"吴不动而速之，吴踵楚，而疆场无备，邑，能无亡乎？"

说完了赶紧关闭评论通道，免得被愤怒青年拍死。

许多年后，1886 年，李鸿章派四艘铁甲舰，包括亚洲最大的巡洋舰"镇远"和"定远"出访日本；1891 年，据说称雄黄海的中国海军再度访日，耀武扬威。然后，1894 年，甲午海战。

当日若成先生在，会怎么说呢？有必要去显摆吗？长达八年的时间里，磨牙吮爪的日本海军可是没来过我天朝一趟，咱们左一趟右一趟地去展示自信，自信得真的信了，这时候有没有一个成先生悄悄问一下李大人，或者问一下"怒"着的诸君：真的要打了吗？

当然，大家光顾怒着自信着，成先生的话两千年前就没人听。结果，吴王大怒，大怒是真怒，不是发个帖子洗洗睡，不是严正声明，是深思熟虑的决断，是翻腾血气化为钢铁意志，是豁出去了，全押上了，不要命了！楚王的武装公费旅游即将圆满结束，而就在此时，吴军从后面扑了上来……

讨厌的成先生又说了：

大王这么一折腾就丢了两座城，咱们楚国经得住几回这样的折腾？"亡郢之始于此在矣！"

是的，一切刚刚开始，从一棵桑树开始，十一年后，吴军攻入楚国都城。

那棵桑树，现在归吴，然而争桑之人死光光，采桑之歌不复闻。

哭秦廷

伍子胥与申包胥相遇于途。

此时之伍为孤魂野鬼，无家无国，无法无天，唯余此身、此心、此剑。此时之申仍是楚国高官，他拦住了他的朋友，这个正被追杀的逃犯。

伍子胥：楚王杀我父、杀我兄。告诉我，我该怎么办？

申包胥长叹：走吧。我无话可说。

申包胥让开了路。伍子胥不动，他要自己回答刚才的问题：

我与楚，不共戴天！必要灭楚报仇！

申包胥：子能亡之，吾能存之；子能危之，吾能安之！

多年前，与影视界的朋友闲谈，忽然想起伍子胥，为什么不拍伍子胥呢？那是中国最具悲剧感的英雄。

那天晚上，喝了很多酒，我们在亢奋的眩晕中描述和想象伍子胥一生中的每个场景，包括他与申包胥的这次相遇，那根本不需要古道夕阳，让张艺谋式的摄影师歇着去，这两个人，站在那里，就是莽莽苍苍，天何高兮地何远兮。

当然，酒醒了，这件事没有了。我至今为此庆幸，至少，伍子胥还留在黑暗中，他不至于被我辈浮浪之人狠狠糟践一遍。

这个时代，怎么会懂伍子胥。

伍与申的相遇，敞开了中国人伦理生活中的一道深渊：家与国与此身，中国人一直对自己说，这是一体的是一回事。但伍子胥发问，现在，不是一回事，怎么办？申包胥也知道那不是一回事了，"吾欲教子报楚，则为不忠；教子不报，则为无亲友矣"。我们所信奉的某些根本价值有时会是水火不相容，怎么办呢？大路朝天，"子其行矣"。

就在那一刻，两个朋友都做出了决然的选择，从此不中庸、不平衡、不苟且、不后悔，伍子胥从此成为楚国的死敌，而申包胥，他决心以一己之力从他的朋友手中拯救楚国。

这样的朋友、这样的人，春秋之后不复见。他们把圣人、唐僧、知识分子都逼上了绝境，对这样的人，我们无从判断，无话可说，怎么说都只是露出了小人之心。他们凭着血气冲出了我们的边界，任我们的智慧、我们精致的啰唆兀自空转。

血气，在这个时代是完全不能被理解的东西。正如在电影《赵氏孤儿》中，血气翻腾的复仇已被小知识分子小市民的多愁善感彻底消解，而读一读马克思对普鲁士的分析你就知道，多愁善感和歇斯底里是一个硬币的两面。这枚硬币在网络时代疯狂旋转，但永远不会有意外发生。

血气是危险的，是人类生活中永远被处心积虑地制约和消弭的力量。这血气并非脆弱的歇斯底里，并非匹夫的冲动，并非躲在安全处骂人或发出豪语，而是一个人，依据他内心体认的公正和天理，依据铁一般的自然法则做出的决断，从此，他绝不妥协，他决然变成了真正的"一个人"，他不再顾及关于人类生活的任何平衡的法则或智慧，他一定会走向绝对、走到黑。

这样的血气注定会严重危及共同体的秩序，亚里士多德早就深刻地注意到这个问题，他对血气的看法非常犹豫，他不能否认这是一种重要价值，但是，他又审慎地提出，人有必要节制他的血气。而孔子同样告诉我们，血气和欲望都会把我们带向极端，带向悬崖，必须执两用中，牢牢站在稳妥的地方。

是的，我完全同意。但是，我怀疑亚里士多德和孔子能否说服伍子胥，在那条路上，他只能听凭血气的指引，面对庞大的、专横的、不义的、非理性的暴力，他只能做出一个人、一个猛兽必会做出的反应，就是孤独地、以牙还牙地反抗。

写这篇短文时，我正在读朋友转来的我所尊敬的作家的一篇文章，他所谈的是发生在中亚的事，我承认我被他的观点吓住了，但同时，我也想起了伍子胥。

但现在要谈的是申包胥。和伍子胥分手后，他一直等待着那一天，他知道，那一天终究要来，他在漫长、恐惧的等待中甚至期待着那一天的到来。

这一天终于来了，伍子胥率领着复仇大军攻破了楚国的国都。楚国面临覆亡。

然后，在千里之外，秦国的宫殿前，申包胥一瘸一拐地走来，他就是一个乞丐，他张开双手，一无所有，他要的是他的楚国。

就这样，他站在宫门的墙边，哭。

这是什么样的哭啊，申包胥哭了七天七夜！

能让一个人在家门口连哭七天，这家子不是残忍就是迟钝。此时当家的秦哀公爱喝酒、爱美人，当然不爱管门外的事，但是哭到第七天，便是铁石心肠的秦人也禁不住了，把哀公架起来，一五一十备细一说，哀公真是哀了，他感动了，这是模范啊，榜样啊，咱秦国咋就没这样的臣子呢？说得左右全都臊眉搭眼，自恨多事。他再喝一碗酒，一发奋就做了一首气壮山河的诗：

岂曰无衣，与子同袍；王于兴师，与子同仇！

——别哭了别哭了，大王答应出兵了！

哭秦廷，是外交史上的奇迹。正如那句名言所说：不管你信不信，反正我信了。申包胥不竭的泪水，正是源于血气。机巧和计较是无用的，申包胥只是把自己交出去，他只是诉诸基本的天理，就是一个人绝对的忠诚。

他果然救了楚国。

再无申包胥，因为人越来越聪明。

下面举聪明之一例：

战国时，楚攻韩，韩向秦求救，派了使者名靳尚，照例说了一篇唇亡齿寒的大道理。此时，秦国当家的是宣太后，该太后想必是年轻守寡，想必是风韵嫣然，听了汇报，召见靳尚，说了一篇话可谓外交史上的经典：

"小女子我伺候先王的时候，那死鬼睡觉不老实，老是把大胖腿压我身上，受不了啊受不了。可是呢，有时候，他全身都压在我身上，我倒不觉得沉了，我舒服我爽，你说说，这是怎么回事？"

靳尚是已婚男子，岂能不知是咋回事？还以为这太后要拿他煞火呢，正扭捏着，太后接着说了：

"因为，少有利焉，有甜头啊。发兵救韩，光军费一天也得花销千金，小女子我当家不易，总得得点甜头吧？"

靳尚知道，哭没用，只好回去，筹款，数钱。

（原载《美文》2012 年第 6 期）

02

粮管所长李斯的发迹史

◎李国文

李斯（？一前208），楚国上蔡人。早年在本地粮库当过所长。那样一个小地方的小粮站的干部，少不了肩挑背扛，码垛翻仓，杀虫防鼠，下乡收粮等体力活，是一项很劳苦、很琐碎、很没有意思的工作。此人不甘心庸庸碌碌一辈子，当一个以工代干的管理员终了一生。于是离家去寿春投师，从学荀卿。荀卿乃大师，能收他为门墙弟子，说明李斯非泛泛之徒。在班上，荀卿比较得意、比较器重的两位尖子生，一为李斯，一为韩非。这两位弟子，第一，聪明，第二，能干，第三，有点子，第四，敢作敢为。学业结束以后，身为韩国贵族的韩非，自然是要回国任要职的。荀卿知道李斯是小县城来的小人物，没有什么政治资源，但看他是块料，有治国理政的才能，便为他在楚国政府里谋了一份差事。

儒家看人，往往注重好的一面，荀卿没有发觉这位未来的法家，除了上述四个特点外，比韩非还要多出一点，那就是他的居心叵测，野心勃勃。不过，李斯有他农民的狡猾，藏而不露罢了。经荀卿的推荐，能够留在楚国首都寿春，在机关里当一名公务员，也就相当不错了。可他婉谢了老师的这份好意，虽然当国家干部，比在上蔡县城关粮库以工代干强上百倍。但他不想在楚国虚度光阴，混吃等死。这一来，荀卿才知道这个河南汉子乃是一个具大抱负，有大志向的学生，不觉肃然起敬。李斯认为，"楚王不足事，而六国皆弱，无可为建功者，欲西入秦"。他对荀卿说，老师啊，天底下最可怕的事就是卑贱，最痛苦的事情就是穷困，我卑贱到极点，我穷困到极点，当今之务，我不能待在寿春以混日子而满足，而是应该赶紧搭上西行列车，到咸阳去求发达。他相信："今秦王欲吞天下，称帝而治，此布衣驰骛之时而游说者之秋也。"乃辞别荀卿，西入秦。俗话说得好，师傅领进门，修行在个人，老师也就只好祝他一路顺风了。

人生道路，对平庸的人来说，走对走错是无所谓的，走对，也好不到哪儿，走错，也坏不到哪儿。而对李斯这样一个敢下大赌注，敢冒大风险的强人，就要看入秦是对还是错了。

他到秦国以后，历任廷尉、丞相重要职位，为秦王上"皇帝"封号，废分封而行郡县制，统一六国文字为"秦篆"，禁绝私学及百家论著，"以吏为师"，以免文人儒士颂古非今，谤议朝政。铸铜人，收缴武器，以防造反；坑儒生，焚《诗》《书》，钳制文化，这一系列的暴政，大都是这位上蔡县小人物的点子。因此，秦始皇视之为膀臂，授之以重任，官运也就亨通起来。从此顺风顺水，一路发达，他的官也做到了极点，如此说来，李斯的这一步路是对的。

《史记·李斯传》中，记载这个粮管所长到了咸阳以后，官运发达到连他自己也吃不消了。"斯长男由为三川守，诸男皆尚秦公主，女悉嫁秦诸公子。三川守李由告归咸阳，李斯置酒于家，百官长皆前为寿，门廷车骑以千数。李斯喟然叹曰：'嗟乎！吾闻之荀卿曰物禁大盛。夫斯为上蔡布衣，闾巷之黔首，上不知其驾下，遂擢至此，当今人臣无居臣上者，可谓富贵极矣！物极则衰，吾未知所税驾也。'"唐司马贞在《素隐》中解释"税驾犹解驾，言休息也。李斯言已今日富贵已极，然未知向后吉凶止泊在何处也"。然而，树大招风，高处不胜寒，若是急流勇退不了，在官场绞肉机中，谁也不可能成为永远的幸运儿。问题在于他明白得很，清醒得很，爬得越高，跌得越重，混得越红，倒霉越大，可就是不肯收手，不肯刹车，不肯罢休，不肯回头是岸，只能像中外古今所有利欲熏心之徒、作恶多端之辈一样，一步步走向生命的终点。只不过他的最后下场要更惨一点，那就是押赴他亲自设计，亲自监工，可以施行从刖、劓、辟、闭，到凌迟等各类刑法的刑场，"具五刑，论腰斩"。

《后汉书·杨终传》："秦政酷烈，违悟天下，一人有罪，延及三族。"按李贤的注释，"三族"应该是"父族，母族，妻族"。这时，李斯终于明白为他权力狂人的一生，要付出多少代价。至少，好几百条性命，受其株连，与其父子同时同地遭到屠灭。当他为秦始皇的铁杆屠夫时，在骊山脚下坑掉数百名儒生，连眼睛也不眨一下；但此刻，身边尸积如山，血流成河的场面，大概唤醒了他早已泯灭的人性，这位秦国丞相，《大秦律》的制订者和执行者，也不由得为这个残酷暴虐的政府痛心疾首。人，只有一死，施以五刑（黥、劓、斩左右趾、枭首、菹其骨肉于市），已经足够死上好几次，而且最后还要剁成肉酱，又如何再来进行腰斩？可这种匪夷所思的刑罚，没准还是他任廷尉那阵颁行天下的呢！想到这里，他也只能没屁好放。

在中国历史上，他不是第一个被腰斩者，但他却是第一位被腰斩而死的名人。他最终得到这样一个下场，回想他的西行决策，到底是对还是错，又得两说着了。

如果他不迈出这一步，继续在上蔡县的粮管所当个小干部，到点退休，领养老金，一样也活得自在，至少落一个正常死亡。腰斩，将身体切为八段，是仅次于凌迟的毒刑，这是中国封建社会里最黑暗的一面。中国人之残忍，把人之不当人，从这处死的刑法上，便可想见。唐朝的大诗人李白有一组题名《行路难》的诗，其中《之三》提到了李斯在腰斩前一刻的后悔，这厮得意时，肯定没少腰斩别人，现在轮到他自己来领教这一刑法，悔也晚矣！"陆机雄才岂自保，李斯税驾苦不早，华亭鹤唳讵可闻？上蔡苍鹰何足道！"现在通行的《史记》版本，只有"吾欲与若，复牵黄犬，俱出上蔡东门逐狡兔，岂可得乎"这一句，而从王琦注引《太平御览》曰："《史记》曰：'李斯临刑，思牵黄犬，臂苍鹰，出上蔡东门，不可得矣。'考今本《史记·李斯传》中，无'臂苍鹰'字，而李白诗中屡用其事，当另有所本。"看来，李白所据的古本《史记》，今已佚失。

一般来讲，在田野里捕猎狡兔，鹰比犬更有用些。今本《史记》删节"臂苍鹰"，也许并无道理。不过，由此可知，李斯未发迹前，在家乡上蔡那个小城里，携子出东门，放鹰平川，纵犬丘陵，兔奔人追，驰骋荒野，还是满自在的。尤其，夕阳西下，满载而归，尤其，鹰飞狗叫，人欢马跃，尤其，烧烤爆炒，慢锅烂炖，尤其，四两烧酒，合家共酌。这种其乐融融、自由自在的日子，老此一生，虽然平常，平淡，可平安，不比享尽荣华富贵，最后得一个腰斩咸阳的结果强得多？因为那是真的快乐，发自内心的快乐，绝对放松的快乐，无忧无虑的老百姓的快乐，最最底层的普通人的快乐。可在他走出老家上蔡，来到秦国为相，就不再拥有这样自由自在的快乐。获得权力，自然是大快乐，但是，这种紧张和恐惧的快乐，疑虑和忐忑的快乐，随时会被剥夺，随时降临灾难的快乐，物质虽丰富，精神却苦痛的快乐，到了马上掉脑袋的此时此刻，面对着与他同死的儿子，除了"牵犬东门"的那一份至真的快乐，还有什么值得回味，值得怀念呢？

荀卿的这位学生，虽然第一聪明，第二能干，第三有点子，第四敢想敢干。但是，聪明的人，不一定就是理智清醒的人；能干的人，不一定就是行事正确的人。有点子的人，不上正道的点子，是既害人又害己的，而敢想敢干的人，一旦为非作歹起来，那破坏性会更大。始皇死后，李斯为了巩固其既得利益，阿顺苟合于赵高，那是一个心毒手辣、无所不用其极的坏蛋。贪恋高官厚禄的李斯，利欲熏心，竟与魔鬼结盟，参与密谋矫诏，立胡亥而逼死扶苏。秦二世当权，自然宠信赵高。于是，李斯向二世拼命讨好，怂恿他肆意广欲，穷奢极乐，建议他独制天下，恣其所为。赵高认为这个指鹿为马的胡亥，本是他手中玩弄的傀儡，哪能任由李斯操纵。便设计构陷，令其上套，使二世嫌弃他，捏造事实，不停诬告，使二世憎恶他。加上李斯的儿子李由，先前因未能阻击吴广等起义农民军西进获罪，于是新账老账一块算，李斯与其子李由一起，以谋反罪腰斩于咸阳，那是公元前208年。

李斯之所以要走出上蔡，之所以要西去相秦，之所以能够发达到"富贵极矣"的富贵，"当今人臣无居臣上者"的显赫，起因说来可笑，却是由于他受到老鼠的启发。这就是《史记·李斯列传》开头所写，"年少时，为郡小吏，见吏舍厕中鼠食不絜，近人犬，数惊恐之。斯入仓，观仓中鼠，食积粟，居大庑之下，不见人犬之忧。于是李斯乃叹曰：'人之贤不肖譬如鼠矣，在所自处耳！'"厕所中的耗子，吃的是粪便，一见人来狗叫，慌忙逃避；粮库里的耗子，无一不吃得肥头大耳，膘满体壮，而且永远没有饿肚子的恐慌，永远没有人犬的惊扰，永远没有刮风下雨的忧虑。于是，他感到自己其实的渺小，真正的不足，上蔡这巴掌大的县城，对他这只具大抱负，有大志向的耗子来讲，就是"厕所"而不是"粮仓"了。

司马迁说李斯不过是"为郡小吏"，那口气是鄙夷的。他所担任的那个职务，城关的粮管所长，在一群乡巴佬中间，也算得上是出人头地的区乡干部了。但这个相当寒碜的土老帽，目标正西方，不是乘坐动车组，也不是乘坐西北航空，愣是一步一步向咸阳走去，那绝不回头的蛮劲和冲劲，真是值得刮目相看。看起来，在风肃霜白的深秋季节，在上蔡东门外的旷野里，挥动鞭梢，催促着奔走呼啸的黄狗，打着口哨，驱使着铁喙利爪的苍鹰，大步流星捉拿野兔而练就的脚力，帮了他的忙。一开始，李斯并未想投奔秦始皇，只是不当"厕"中之鼠，希望能够进入秦国统治集团，在那样一个"仓"中为鼠觅食，就相当满意了。但当他磨破老娘为他纳的千层底鞋，当他啃完了他老婆给他烙的烧饼馍馍，这个农民越走信心越大，自然也是越走野心越盛。中国农民，当他束缚在一亩三分地上的时候，手脚放不开，头脑也放不开，那种庄稼人的小心眼，小算盘，小天地，小格局，小农经济，小家子气，为其主调。然而，当他离开土地，离开乡村，离开太阳晒屁股的田园牧歌式的生活，而且变成一无所有的流氓无产者之后，其中很多人马上就会成为毫无顾忌的，横冲直撞的，否定秩序的，破坏规则的强悍分子。攫取和获得，就成为他们的主旋律。李斯到达咸阳，就不再是原来一口豫东口音的粮管所长，而是满嘴地道秦腔的政坛新秀。第一步，他知道吕不韦崇拜荀卿，便以荀卿弟子的身份，"求为秦相文信侯吕不韦舍人，不韦贤之，任以为郎"。第二步，他知道秦始皇和吕不韦的血统关系，便由吕牵线，得以向这位帝王进言："夫以秦之强，大王之贤，由灶上骚除，足以灭诸侯，成帝业，为天下一统，此万世之一时也。今怠而不急就，诸侯复强，相聚约从，虽有黄帝之贤，不能并也。"第三步，他出主意："阴遣谋士斋持金玉以游说诸侯，诸侯名士可下以财者，厚遗给之。不肯者，利剑刺之。"从则给钱，不从者送命，李斯这一手够恶的。

其实，自古以来，由于城乡差别，由于受教育程度不同，由于远离作为政治文化中心的城市，由于缺乏必要的社会基础和必要的人际关系，像从上蔡县走出来的这位知识分子，获得权力的概率，较之城市出来的知识分子势必要低。所以，在权力场的争夺中，那些渴嗜权力而机遇不多的乡下人，往往比城市人更多冒险意识，更多投机心理，也更多赌徒思想，更多不遵守游戏规则的悖谬做法，更多为达目的而不择手段的非常行径，是可以理解的。而李斯，比他人更无顾忌一些，因为他有野心。正是这份野心，按劣币驱除良币的定律，使他在秦国权力场的斗争中，倒容易处于优势地位。

就在这种权力场的不停洗牌中，李斯脱颖而出，所向披靡，攀登到权力顶峰。

他走出上蔡时，没想到会成为世界上这个顶尖强国的首相。所以，当可能的敌手韩非，他的同班同学，出现在秦国地面上，他就以他撵兔子的那肌肉发达的腿脚，坚定地要迈过这位公子哥的障碍，并踏死他。尽管李斯承认，自己无论在学养上，在谋略上，在文章的思想深度上，在决策的运筹力度上，远不如这位同窗。但在卑鄙和无耻上，在下流和捣乱上，李斯做得出的事，韩非却干不出来。这位高傲的王子，永远超凡脱俗，永远高瞻远瞩，永远扬着那思虑的头颅，注视着动乱不已的六国纷争，却从不提防脚下埋伏的地雷，和一心要算计他的，那心怀叵测的红眼耗子李斯。因为他虽然跟李斯同样，拥有聪明，能干，有点子，敢作敢为这四个特点，但却偏偏没有李斯的第五点，那就是勃勃的野心。

应该说，人，要有一点野心。虽说野心二字口碑不佳，但不完全是坏东西。野心会成为个人进取的推动力，会全身心投入，会向一个目标前进，会为之奋斗不已。不过，若是野心勃勃，野心过头，野心大到蛇吞象的地步，不择手段地去攫取，贪得无厌地去占有，无所不用其极，排除一切障碍，不达目的誓不罢休，野心而成家，那就是很可怕的了。李斯相秦，厥功甚钜。应该这样看，始皇帝的千古功绩，有一半得算到李斯的头上；同样，嬴政的万世骂名，也有一半是他出的坏主意所招来的。所以，李斯这个非常之人，就有可能做出非常之事。因为他比韩非多出来的第五点，使得他无法容忍韩非出现在始皇帝的视野里。可韩非恰恰就少了这第五点，此人一向口吃，不善说道，本来也没有必要和盘托出。话说半句，留有余地，岂不更为主动？可这位韩国公子，学者风度，贵族派头，竟然对李斯说，学长，让咱们两个人联起手来，共同襄助始皇帝成就这番平定六国，统一天下的宏图伟业吧！

李斯想不到这位同班同学对他半点不设防，以为他还是当年班上的乡巴佬呢！于是，他做出农民式的天真无邪状，一脸质朴地问："不知吾王意下如何？在下可是轻易不敢造次呢！"

韩非觉得不应该瞒住老同学，一点也不口吃地说出真情。"那你就无须多虑了，陛下金口玉言，说早就虚位以待，等着我的到来。"

当天晚上，李斯求见秦始皇，"陛下要委韩非以重任？"

"朕早说过，寡人若得此人与之游，死不恨矣！"

李斯阴险地一笑，"陛下欲并诸侯，韩国不在其中乎？"

"哪有这一说！"

他匍伏在台阶下，一把眼泪，一把鼻涕，"陛下别忘了，韩非为韩国公子，是有家国之人。最终，他的心是向着他的故土，而不是陛下。这点道理，圣明的大王呀，你要做出睿断啊！"秦始皇一皱眉头。然后挥手，示意退下。李斯走下丹墀，心里盘算，明年的这一天，该是他老同学的祭日了。雅贵出身的韩非，想不到李斯端给他的，不是羊肉泡馍，不是桂花稠酒，而是一碗鸩药。

公元前 210 年，秦始皇出巡途中，在沙丘平台驾崩。在赵高一手所策划的宫廷政变中，想不到一个如此精明老到，如此能言善辩，如此才睿智捷，如此计高谋深的李斯，竟成处处挨打，事事被动，步步失着，节节败退的完全无法招架的庸人。看来大鱼吃小鱼，小鱼吃麻虾，一物降一物，此话不假。韩非败在李斯手中，因为他不具野心勃勃的第五点，只是麻虾而已。李斯败在赵高手下，倒是小鱼碰上了大鱼。赵高之所以被称为大鱼，因为他不但具有李斯的第五点，野心勃勃，而且还有李斯所无的第六点，那就是黑社会的不按规则发牌，和绝对不在乎罪恶的卑劣行径。

一个曾经是纵横捭阖，兼吞六国，明申韩之术，修商君之法，入秦 30 年来，无不得心应手的超级政治家，怎么能事先无远见卓识，猝不及防；事中无应变能力，仓皇失措；事后无退身之计，捉襟见肘，竟被智商不高的赵高，基本白痴的胡亥，玩弄于股掌之上？

赵高对李斯说："上崩，赐长子书，与丧会咸阳而立为嗣。书未行，今上崩，未有知者也。所赐长子书及符玺皆在胡亥所，定太子在君侯与高之口耳。事终如何？"李斯一听，立马魂不守舍。"安得亡国之言，此非人臣所当议也！"从李斯这番话，说明他至少还有所谓"人臣"的禁条和纲纪，尽管野心勃勃，什么当做，什么不当做，还是有分际的。矫诏，岂是人臣敢为之事，连想都不敢想的。但绝对不怕天打五雷轰的赵高，即使意大利西西里岛上那班黑帮教父，对他的黑手之狠之毒，也望尘莫及。赵高看着李斯那张不以为然的脸，接连抛出五句话，如同五把钢刀，刺在这位上蔡粮管所长的心口上。"你觉得你的才能超过蒙恬？你的功劳高过蒙恬？你的谋略胜过蒙恬？你的声望名誉好过蒙恬？你与扶苏的私人情谊比得过蒙恬？"虽然，李斯明白，扶苏嗣位，他就得谢幕，而且，必用蒙恬，他是一点戏都没有的。但是，他觉得西出潼关，这多年来，扶摇直上，秦始皇待他不薄。"俺不过是河南上蔡的一个平头百姓，现在成为丞相，位列诸侯，子孙显贵，家有万贯，这全拜始皇帝所赐，我是不会背叛的，你就别再说了，我可不愿意跟着你犯错误。"赵高那张不长胡子的脸，不阴不阳地笑了两声："阁下怎么就不明白呢？就变从时，圣人之道，你我同心，鬼神不知。"接下来，面孔一板，"你要是听我的安排，保管你吃香喝辣，荣华富贵，你要是不肯合作的话，祸及子孙，我想想都替你寒心啊！"

粮管所长最擅长的本领，就是在斤两上打算盘。这个被挟持住了的李斯，心中小九九算了好几遍，要不与魔鬼签约，从此一切归零，只有共同作恶，才是唯一生路。呜呼，他打心里愿意吗？他不愿意。可不愿意的结果是什么，他太了解这个被劓的黑社会教父，又岂能饶了他？"仰天而叹，垂泪太息曰：'嗟乎，独遭乱世，既以不能死，安托命哉！'"这一下，李斯碰上赵高，野心家斗不过黑社会，交手不过一两回合，便溃不成军，败下阵来。《史记》这样写的："于是，斯乃听高。高乃报胡亥曰：'臣请奉太子之明命以报丞相，丞相斯敢不奉命！'"

赵高吃准了这个李斯，他绝不肯交出权杖。权杖是他的命，他能不要命吗？李斯往日的杀伐果断也不知跑哪里去了，其实他拥有这个国家举世不二的权力，却无法反扑这个割了男根的阴阳人，只好举手投降。有什么办法呢？古代知识分子，十之有九，或十之有九点五，对于权力场有着异常的亲和力。近代的知识分子是否也如此这般，不敢妄说。但我认识的一些作家、诗人、批评家，和什么也不是的混迹于文坛的人物，那强烈的权癖，那沉重的官瘾，也不让古人。这倒不是孔夫子"学而优则仕"的金科玉律所影响，所诱使，而是内在的，与生俱来的，从一开始读书识字，便要出人头地的基因在作祟。正是这种基因，才产生谋取权力和崇拜权力的冲动，以及随之而来的阿谀奉承，磕头巴结，膝行匐伏，诚惶诚恐的奴才相；卑鄙无耻，不择手段，削尖脑袋，抢班夺权的恶棍相；失去顶子，如丧考妣，致仕回家，痛苦万分的无赖相。一个文人，倘若耽迷于权力场中，自以为得意，就少不了这三相。

中国人，中国士人，他们的智商未必低，他们的头脑未必傻，他们对于形势，对于时事，对于大局，对于前景，未必就看不清楚，问题在于权力这东西，易上瘾，难丢手，而使得他们在行、止、进、退上拿不定主意。他何尝不想急流勇退，他何尝不想平安降落，但要他做出决断，立刻斩断与官场的牵连，马上割绝与权力的纽结，再做回早先的平头百姓，再回去上蔡东门外，遛狗放鹰逮兔子，那真比宰了他还要痛苦，还要难受。不要说丞相李斯了，就那些其实也不过芝麻绿豆大小官位的文坛诸公，也同样不会主动迈出这一步，肯将纱帽翅痛快利落地交出去的。

其实，粮管所长李斯的发迹史，与我们这个世界上所有成功的人，走的是同一条路。第一，善于抓住机遇，第二，敢于把握机遇，第三，充分利用机遇。但是，人的最可贵之处，就是有一份自知之明，人的最糟糕之处，就是不知道自己吃几碗干饭。有自知之明者，能懂得什么时候该行，什么时候该止，而没有自知之明者，或欠缺自知之明者，或一帆风顺失去自知之明者，往往掌控不了自己什么时候该进，什么时候该退。

人的一生，全在这"行止进退"四个字上做人做事。李斯要是早就"税驾"的话，也许不至于腰斩的。

（原载《海燕》2008 年第 8 期）

03

两个人的战争之楚汉惊尘

◎刘汉俊

自古英雄辈出，每一个时代都有自己的英雄。两千多年来，有两个人物一直被人们念念不忘唏嘘不已，永远有说不完的故事、道不尽的评点。

他们生活在同一个时代，先是为着同一个目标而携手奋斗，后来又为了同一个位置而厮杀争斗，联袂主演了一场推翻王朝伟大斗争的生动活剧，一幕争夺帝位惨烈战斗的经典戏码，大开大阖地改写了中国历史，其波澜壮阔的气势和惊心动魄的程度，史无前例，亦无后例。他们的结局都很精彩：一个登上皇帝宝座，成为中国历史上第一个由农民身份上位的开国皇帝，开创了一个前后长达 400 多年的王朝；一个虽然壮志未酬、饮恨自刎，但英名流芳千古，成为古来杀身成仁的烈士们所敬重的悲情英雄，也成为历代红颜知己们所倾慕的真心英雄。他们的志向趋同却性情迥异，人生篇章各有异彩。他们曾齐心协力又彼此征伐，既惺惺相惜又恩怨交加。他们相互映衬，彼此成就，成为中国历史天空上一对明亮的双子星。

是的，一个是刘邦，一个是项羽。

公元前 223 年，秦灭楚国时，楚国曾有阴阳先生预言："楚虽三户，亡秦必楚！"无论是复仇誓言还是一语成谶，"奋六世之余烈，振长策而御宇内"的大秦王朝果真覆灭于楚人之手。率先发动农民起义的陈胜、吴广是楚国了民，起义军打山的国号就叫"张楚"，意在张大、复兴楚国；最终联手摧毁秦朝政权的刘邦、项羽也是楚国后裔。复兴故国是他们共同的梦想。西汉司马迁的《史记》，北宋司马光的《资治通鉴》，以及大量的典籍诗文、考古遗存、逸事稗史等，复活着两位英雄的形象。

先说项羽。

公元前232年，项羽出身于楚将世家，楚国虽然已被秦灭近十年，八百年楚国雄风不再，但是楚脉不断，项羽正是楚国最后一个战将项燕的孙子，楚将项梁、项伯的侄子。项羽年少时不好学文，虽爱好剑术却是"略知其意，又不肯竟学"，不过从他沉迷于兵法战术来看，还是少有所思的。他说"剑一人敌，不足学，学万人敌"，长辈闻之大喜，觉得孺子可教，便举全家族之力专教他用兵之道。公元前210年，秦始皇巡游过会稽（今苏州），20岁出头的项羽夹在人群中观望。秦始皇的气派让项羽惊羡不已，他的脑海浮现出祖父项燕被秦将王翦所杀的场面，感觉到血管里的反秦基因忽然躁动起来，骨子里有一颗帝王梦想的种子在发芽，他对叔父项梁脱口而出："彼可取而代之也"，吓得项梁赶紧掩其口。此时，陈胜、吴广斩木揭竿而起抗秦，起义军如燎原之火点燃了被强秦所灭六国的复兴之梦。当起义的浪潮狂飙突进，前锋抵达会稽时，会稽太守想约项梁、项羽一同起兵反秦，没想到一下子触发了叔侄俩久伏的野心，项羽一刀先杀了太守，二人降了太守的全部人马，直接举起了反秦大旗。项羽此举，显示出他作为贵族之后不甘人下的心气和过人胆识，展示出他做事果敢、心狠手辣的风格。

项羽骁勇善战，是打仗的一把好手，有一股子不服输不怕死的拼劲，常令敌军闻风丧胆。《史记》记载了项羽两次瞪眼却敌的故事，一次是与汉军对垒，项羽披甲持戟单骑挑战，汉军著名神箭手楼烦拍马迎战，"项王瞋目叱之"，竟吓得楼烦"目不敢视，手不敢发"，躲进障壁不敢再出来了；还有一次是在项羽生命的最后时刻，在逃往乌江的穷途末路上，数千汉兵围战项羽，汉将赤泉侯追上了项羽，"项王瞋目而叱之，赤泉侯人马俱惊，辟易数里"。英雄就是英雄，目光如电，摄人心魄。公元前208年，项羽与秦国大将章邯鏖战于巨鹿，为达到置之死地而后生的效果，项羽率部渡漳河后干脆一不做，二不休，"皆沉船，破釜甑，烧庐舍，持三日粮，以示士卒必死，无一还心"，结果是"楚战士无不以一当十"。正是凭借这种"破釜沉舟"的绝地反击，项羽所部几战皆胜，彻底击败秦军、迫降章邯，致使秦军主力尽失，从此一蹶不振。要知道，这个章邯正是曾杀陈胜、斩项梁、刀劈楚军诸多名将，使楚军七战皆败，令各诸侯国肝儿发颤的秦军猛将。"巨鹿之战"是项羽在历史画幅上留下的辉煌一笔，也成为秦亡而楚兴的历史转折点，是中国战争史上以少胜多的经典战例。而此时的项羽年仅25岁，少年得志，意气风发。秦末之际项羽的"破釜沉舟"与春秋时期越王勾践的"卧薪尝胆"并列为励志故事，一同进入了中国历史的教科书。后世有对联曰："有志者，事竟成，破釜沉舟，百二秦关终属楚；苦心人，天不负，卧薪尝胆，三千越甲可吞吴。"

项羽"力能扛鼎，才气过人"，是那个时代的男神。战马与利器，是那个时代男神的标配。他的宝马乌骓"日行千里"，飞快好比闪电，破阵势如劈竹；他的画戟重若千钧、锋利无比，无数遍地被敌人的鲜血擦洗，冷霜锃亮、寒光闪闪。一个人、一匹马、一柄画戟，搅得周天寒彻，年轻的项羽无疑是中国历史上最著名的战神之一。但他像古希腊神话里的英雄阿喀琉斯一样有自身的致命伤，"阿喀琉斯之踵"最终夺去了那位希腊军中最勇猛战士的性命，而诸多的"软肋"使项羽最终完败。

"软肋"之一是心软。秦朝被项羽、刘邦合力推翻后，天下只剩了这两位楚汉枭雄。此刻刘邦屯兵灞上，项羽率四倍之兵峙立关中，本来这是围歼刘邦的极好时机，七旬军师、亚父范增数次力谏项羽不能手软，但项羽妇仁慈心，执意不听。他甚至没有想到他的帐下也演起了《潜伏》的谍战片。那天深夜，刘邦让谋士张良约了项羽的叔叔项伯来密见。一见面，刘邦便信誓旦旦地对项伯说，我刘某人本来就是一个农民，一个无所事事、连父母都瞧不起的混混儿，能有今天这个样子就心满意足了，不像您家项王，本是贵族之后代，在反秦斗争中又立下显赫战功，天下非他莫属，您让项王放心，我没有那个野心。项伯呀，您要是看得上我寒门刘家，我愿意与您结成儿女亲家。项伯听了刘邦的表白，信以为真，回来跟项羽鼓噪一番，项羽果然更加放松了警惕。不但如此，项羽还在距离刘邦屯兵仅几十里处的鸿门请刘邦喝酒。刘邦当时的境遇相当于300年前齐、鲁两国"夹谷会盟"时的鲁国国君，明知不是对手却不得不从，但脚跟发虚、心里有数的刘邦貌似大摇大摆地赴宴来了。二人虚情假意推杯换盏称兄道弟，酒酣耳热之际，范增几次示意项羽杀掉刘邦，还请项羽的堂兄弟项庄以舞剑助兴之名想趁机"一失手"行刺刘邦，共同创演了成语"项庄舞剑，意在沛公"的现场版，但项羽佯装不知。范增之意却被"内贼"项伯识破，项伯拔剑起舞来保护他未来的亲家刘邦，使得项庄难以近刘邦之身。这一切端倪当然都逃不出刘邦谋臣张良的眼睛，他不动声色地呼来大力士樊哙。这个威猛的卫士一手操剑一手执盾，冲破刀丛林立的卫队，旁若无人地进入宴会厅保护刘邦。项羽一见樊哙"头发上指，目眦尽裂"的气势，吓了一跳。刘邦赶紧借口说要上厕所，屁滚尿流地逃出鸿门，惊出一身冷汗。正是这一次，项羽心一软，放走了最终葬送自己性命的对手。回看项羽一生，他似乎没有不敢杀的人，为什么独对刘邦"心软"？想必一是英雄观使然，当面鼓、对面锣，英雄决战在战场，不搞暗事、不使阴招，不背负这个骂名。二是轻敌心作怪，项羽天时地利占绝对优势，灭秦的功劳最大，天下舍我其谁？刘邦不过是瓮中老鳖，能往哪儿逃？三是世界观不同，楚汉相争，刘邦一直想干掉项羽，但项羽似乎没有杀刘邦的念头，项羽自认为不能下没有对手的棋，驱赶着刘邦这个老帅围着九宫田字团团转，这才是项羽的乐事。除掉刘邦，天下无棋，项羽有独霸一方之心，无一统天下之力。四是时机不成熟，秦朝大势已去，但秦王犹在，秦兵未尽，项羽需要刘邦共同制敌，且与楚怀王有约在先，待尘埃落定后各分天下。总之，这场惊心动魄危机四伏的"鸿门宴"，让仓皇中的刘邦摸到了项羽的"软肋"。

"软肋"之二是虚荣。灭秦后，项羽气势磅礴地杀入咸阳，有谋臣说关中地带山势险峻、川流阻隔，易守难攻，而且这里地广物美，整个儿就是您霸王的立都之地啊。但项羽不屑一顾地说，我富贵发达了不衣锦还乡显摆一下，就像穿着绫罗绸缎走夜路，哪个能看得见我？胜利的荣耀偾张了项羽的贵族血脉，烧烤着一颗霸王之心。当那个谋臣犯颜进谏说，霸王您这样做不是真正的英雄，不过是沐猴而冠罢了，我蔑视你。项羽勃然大怒，果真把这人给煮了。而当刘邦派张良通过项伯给项羽送来"霸王您放心，我不会跟您争天下"的"迷魂汤"时，这个傻大个儿竟感觉良好地一饮而尽了。骄横虚荣之心，使他不知道自己贵姓，更不知道今后的天下贵姓。垓下之战，风声鹤唳，四面楚歌，是项羽领兵八年以来的第一次败仗，也是他人生的最后一战。蓄势已久的刘邦积七十万大军压境，而项羽只有区区十万之兵抵抗，最后只带了二十八骑杀出重围，而刘邦的五千精锐还以"宜将剩勇追穷寇"的劲头紧追不舍。项羽逃到乌江边上，气数将尽。想当初，八千江东子弟跟随我项羽打江山，此刻却只剩下这群伤痕累累的残兵败将，何颜见江东父老啊！英雄气短，来日无长，唯有一刎谢万罪。一腔热血衷肠，满腹爱恨情仇，凝成乌江风寒霜晨月。历史没有如果，但假设一下也无妨。走到乌江绝路的项羽当时不过 31 岁，而刘邦时已 55 岁，乌江对面不远，是项羽的家乡，"江东虽小，地方千里，众数十万人，亦足王也"，留得青山在不怕没柴烧啊。放下面子，项羽未必没有东山再起的机会。倘真如此这般，楚汉相争的连续剧可能还要上演许多集，司马迁的《史记》也会是另一番表述，项羽留给后世的形象也许要逊色一些。但项羽就是项羽，一刀给自己的青春戏杀了青。

"软肋"之三是残暴。仁义者无敌，残暴者无友。项羽一生打了七十多场仗，除了最后一仗，几乎战无不胜。勇猛是凶残的代名词，项羽杀气腾腾、威风凛凛，令敌军、友军心惊胆战。残暴行径丝毫不亚于被他推翻的暴秦。作为楚军次将，项羽竟然敢一刀杀了自认为说了他坏话的上将军宋义，还追杀了宋义的儿子。襄城屠城，项羽坑杀全城平民；城阳之战，项羽对居民实行"三光"政策；巨鹿之战，项羽杀得兴起，连诸侯国的盟军都"无不人人惴恐"，吓得"作壁上观"，"无不膝行而前，莫敢仰视"；新安之战，项羽一夜之间把秦军20多万降兵全部活埋；攻入咸阳，项羽一刀杀掉早已投降的秦王子婴，继而滥杀平民百姓，像当年秦人一样"伏尸百万，流血漂橹"；秦宫一炬，大火连烧三月，只剩一把焦土。虎狼之师所向披靡，但仁义之师更能天下无敌，项羽没有悟出"牧民之道在于安民"的道理。对弱者、降者和无辜者杀伐成性，使他失去了道义，失去了民心，也就失去了执政的基础。自古没有暴君安天下的先例，历史不会给残暴者一统天下的机会。

"软肋"之四是多疑。猜疑与多心的人必定没有朋友。刘邦身边，文有张良、萧何、陈平，武有韩信、樊哙、彭越，谋臣猛将的辅佐使刘邦如虎添翼；项羽全凭单打独斗，身边仅有谋士范增和那个吃里扒外的项伯，还有那个空有一身武艺却始终无法击中要害的傻堂兄弟项庄。刘邦采纳了陈平的离间计，成功地挑拨项羽与范增的关系，项羽果然以暗通汉军之名，逼走了这位忠心耿耿的老将，使范增"行未至彭城，疽发背而死"。分析项羽的多疑，部分地源自他的贵族血统，对既得利益的患得患失，终日的惶恐不安，必然导致狭隘阴暗、狐疑多端、睚眦必报的心理，不相信任何人。垓下一战，项羽被刘邦亲率韩信、彭越、英布等四路大军围追堵截死捶烂打，孤立无援，无人可求，最后只能仓皇东逃，走上不归之路。

"软肋"之五是自大。少有宏志固然好，但少不读书就可能狂妄自大，缺乏判断能力与人文精神，更别说战略思维了。当范增提醒项羽说："刘邦在山东时，贪财好色，但是一进了函谷关却不抢财不劫色，必有大计，你还是赶紧灭了他吧！"但项羽不以为然，终留致命遗患。刘邦是政治家，有着必需的天下胸怀和政治韬略，有着必需的深谋远虑和谨小慎微，而项羽只能算作军事家，虽然武功盖世却鼠目寸光，高傲而自负。一个志在天下、想当皇帝，一个满足一役，或者一域，只想做一方霸王，孰高孰低，在楚河汉界两旁一目了然。项羽的屡战屡胜在为他赢得巨大声誉的同时，也带来严重的负面效果，他的刚愎自用、独断专行常常发挥到极致。张狂地排斥他人，无端地猜忌下属，结果是众叛亲离。自古骄兵必败，项羽每仗皆胜却丢了天下。胜利，一旦吞噬了胜利者的理智，失败便在乌江边张开了血盆大口。

性格决定命运，短板决定容量。项羽的这五根"软肋"被刘邦捏在手里，动哪一根都致命。如此看来，项羽是一个"残疾"英雄，还真不是刘邦的对手。古今中外，最后的胜利者不是军事家而是政治家。

这说明了一个道理：真正的敌人是自己。

尽管如此，我们还应该给项羽一个客观公正的评价。无论从哪个角度讲，项羽都是一个精神价值极其富有的人。他既有独霸天下的远大抱负，也身体力行、奋勇当先。没有项羽的楚，就没有刘邦的汉，更不可能颠覆强大的秦；没有项羽的霸业，就没有刘邦的王业；没有项羽的致命伤，就没有刘邦的帝王梦。他既叱咤风云又儿女情长，被重重围困在垓下，仍然字字滴血、行行淌泪地慷慨悲歌："力拔山兮气盖世，时不利兮骓不逝。骓不逝兮可奈何！虞兮虞兮奈若何！"一首《垓下歌》，何其高贵，几多惆怅！悲痛欲绝的美人虞姬泣泪唱和："汉兵已略地，四方楚歌声。大王意气尽，贱妾何聊生！"遂拔剑自刎，忠烈殉情，以断项羽后顾之忧。刀光剑影血雨腥风中，堂堂伟岸男儿对爱人既爱且痛的深沉，美艳专情而又刚烈坚毅的女子对夫君以生命相许的贞义，因虞姬的壮烈一刎而成就了爱的崇高与纯洁，令古往今来多少海誓山盟中的爱恋男女们泪奔！坦荡直率不矫情，赴汤蹈火不惜命，爱就爱得深沉，别就别得悲壮，活就活得任性，死就死得壮烈，这就是项羽的性格！饮恨乌江边，引颈向长天，身负十多处创伤的项羽筋疲力尽心灰意冷了。楚地不再，江山易主，美姬不再，情无所依，江东兄弟百战死，东山再起恐无多。男儿柔情，烈士多义，进入生命倒计时读秒阶段的一代枭雄，无不爱怜地把随他出生入死满身血渍的五岁战马乌骓，赐给了欲渡他过江的好心人。然后，项羽凭借一个潇洒的 90° 转体自刎，把一身戎装满怀雄风凝固成一尊英雄的雕像，铮铮铁骨，铁骨铮铮。乌江一刿，把项羽的高贵定格在最高值。项羽以降，历代英雄豪杰都在他身上寻找自己的影子。

项羽是楚的，是虞姬的，更是历史的。项羽是一位伟大的革命者，与农民出身的刘邦不同，他是站在六国贵族阶级立场上来反对秦朝贵族阶级的。如果不反，项羽作为贵族后代的利益是可以有保证的，要舍弃既得，需要牺牲精神和无畏勇气，这与同样出身贵族，为了维护统治阶级利益的屈原、孔子有着本质的不同。贵族所有的先天弱项在项羽身上都有遗传，最终这些天生"软肋"的集体溃烂和痼疾的集中发作，成了他事业的"短板"和人生的"天花板"。有缺点的战士终究是战士，再完美的苍蝇也是苍蝇。铁血冷戟霸王心，柔肠侠义儿女情，这就是项羽，一个长处与短处都十分鲜明、血肉丰满、可爱可恨的钢铁战士。躬谢司马迁，握如椽之神笔，蘸浓墨与重彩，为我们刻画了一个神采奕然的英雄形象和文化符号。

说项羽，必说刘邦。

与项羽相比，刘邦出身微贱。他与项羽一样，也是胸怀大志，曾见过秦始皇巡游，发出过"大丈夫当如此也"的感叹，这种气魄比项羽的"可取而代之也"略逊三分，但胸怀更宽广、视野更宏阔、城府更高深。他颜值很高，"隆准而龙颜，美须髯，左股有七十二黑子"，既仪表堂堂又奇人异相。他生性仁爱，乐善好施，豁达大度，不是那种专嗜杀伐的草莽英雄。他不拘小节，与民同乐，亲和力强，具备领袖人物的先天条件和群众基础。当亭长时，刘邦奉命往骊山押解囚徒，因逃跑的人太多而完不成任务，干脆一不做，二不休把人都给放了，自己逃亡于芒砀山中。当陈胜率兵逼近，沛县县令想对抗但又害怕，县衙主吏萧何、典狱曹参建议与刘邦联手，县令开始同意又出尔反尔，还要杀萧何、曹参。两人翻墙逃至城外刘邦营中，刘邦向城里射箭携书鼓动百姓造反。民众起来杀掉了县令，开门迎接刘邦，从此沛县成为刘邦的早期革命根据地。这一年，刘邦已48岁。随后，刘邦与项羽奋力攻秦，率先攻入关中，生擒秦王子婴，为推翻秦王朝立下首功。51岁时被楚王封为汉王，率汉军与西楚霸王项羽相持日久、"中分天下"，最后决战垓下，全歼楚军，逼得项羽殒命乌江边。56岁那年，刘邦登上帝位君临天下。

与项羽相比，刘邦有何德何能可以称帝？这是古今之人常常议论的话题。

刘邦与项羽一样，年少时都是不读不耕之流、不安分守己之徒。与项羽相比，刘邦没有一个好的出身，40多岁才谋了个亭长的闲差，大约相当于现在的股级干部，起步并不算早。

但是，时势造英雄，乱世出豪杰。燕、赵、齐、楚、韩、魏等六国虽已不在，但六地民众仇秦久矣。陈胜、吴广领导的农民起义引发了天下同心并力攻秦的愿望，应者云集。神州动荡、天下大乱，为刘邦、项羽提供了舞台。英雄相聚，风云际会，中国历史因此而好戏连台。

《史记》对刘邦、项羽的记载，斗争多于合作，这可能是历史的真实。楚汉相争，既是双方政治、经济、军事实力的大比拼，更是两人谋略智慧和人格魅力的大较量。但命运往往更垂青那些有特质的人，刘邦就有不少过人之术。

一是用人术。这是刘邦的第一大本事。得天下后，刘邦在洛阳南宫设宴与群臣弹冠相庆，酒酣兴至，问左右："吾所以有天下者何？项氏之所以失天下者何？"左右纷说，似都有理，但没有人搔着刘邦的痒处。他终于憋不住了："夫运筹帷幄之中，决胜于千里之外，吾不如子房（张良）。镇国家，抚百姓，给馈饷，不绝粮道，吾不如萧何。连百万之军，战必胜，攻必取，吾不如韩信。此三者，皆人杰也，吾能用之，此吾所以取天下也。项羽有一范增而不能用，此其所以为我擒也。"这一段深刻、精辟和经典的自白，给历代政治家们以深刻启示。谋士陈平、武将韩信过去都是项羽的手下，因不受重用、颇受轻慢，才投奔了刘邦，韩信最终还要了项羽的小命。将这些人中骄子拢在自己麾下，刘邦的驭人之术不可谓不高明。

二是怀仁术。当初刘邦决定违抗官命放走囚徒时，一些人深受感动，不走反留，百十号人成了刘邦的家底，刘邦可谓起于"仁"。当秦兵以强势逐北，楚怀王熊心想派兵入关，并颁令谁先定关，就封谁为关中王。项羽势在必得，但是多位老将军进谏楚王说，"项羽慓悍，今不可遣。独沛公素宽大长者，可遣"。刘邦的"仁"使他赢得了机会，可谓成于"仁"。刘邦每略一地，一定打开牢狱大赦罪犯，安抚当地父老。这些动作，为他赚得了仁义之名。公元前206年10月，刘邦率先攻下灞上，"秦王子婴素车白马，系颈以组，封皇帝玺符节，降轵道旁"。多位将领建议杀掉子婴，但刘邦说不，人家都降服我了，还杀他作甚？此举可谓王于"仁"。而后来，子婴却被项羽毫不留情地杀了。项羽的残暴，反衬了刘邦的仁心。刘邦虽然没读什么书，还讨厌儒生，曾把儒生的帽子揪下来往里面撒尿，但他登基后听从儒生陆贾

"马上得天下，岂能马上治天下"的劝告，开始敬重和尊崇儒学，成为中国历史上第一位亲赴山东曲阜孔府祭孔的皇帝。刘邦颁布休养生息、轻徭薄赋、释放奴婢、招贤纳谏、孝治天下等政策，可谓仁政。当然，这是后话。也有人说刘邦的"仁"是虚情假意，但如果一个人能假装仁义一辈子，你能说他不是真仁义吗？如果一介平民能心怀仁心，当了皇帝还能永葆仁德，你能说他是假仁义吗？

三是取义术。先有仁而后有义，仁守内而义主外。刘邦怀仁取义，把自己的军队打造成正义之师。在楚汉两军对垒之际，刘邦亲赴阵前搦战，当面历数项羽十大罪状："始与项羽俱受命怀王，曰先入定关中者王之，项羽负约，王我于蜀汉，罪一。项羽矫杀卿子冠军而自尊，罪二。项羽已救赵，当还报，而擅劫诸侯兵入关，罪三。怀王约入秦无暴掠，项羽烧秦宫室，掘始皇帝冢，私收其财物，罪四。又强杀秦降王子婴，罪五。诈坑秦子弟新安二十万，王其将，罪六。项羽皆王诸将善地，而徙逐故主，令臣下争叛逆，罪七。项羽出逐义帝彭城，自都之，夺韩王地，并王梁、楚，多自予，罪八。项羽使人阴弑义帝江南，罪九。夫为人臣而弑其主，杀已降，为政不平，主约不信，天下所不容，大逆无道，罪十也。"这篇战斗檄文从义出发，为义而战，可谓字字如匕、句句如枪，戳到了项羽的痛处，也激怒了项羽，刘邦借此宣告自己是天下正义的化身。刘邦的举义旗、兴义师、为义战，为他赢得了高分。

四是严法术。刘邦重视制定法律军规，以法治军、以法治民。每略一地，他警告军队不得侵害当地百姓，不得恣抢财物。占领灞上后，他召集各县官员说："吾与父老约法三章耳：杀人者死，伤人及盗抵罪。"严明的号令整肃了军纪，安顿了民心，树立了刘邦的威信，于是出现"秦人大喜，争持牛羊酒食献飨军士"，而刘邦还不让收受秦人礼物的感人场面，以至于秦人生怕沛公走掉不当秦王了。当上皇帝后，刘邦汉承秦制，颁布了诸多法令，推行依法治国，法制建设保证了大汉王朝的长治久安。

五是隐忍术。刘邦能成帝王之业，与他的能隐善忍有极大关系。刘邦的"忍经"是敢于示弱、决不逞强，表面看似无争，背里磨刀霍霍。最经典的一场戏当是鸿门宴。明知凶多吉少、险象环生，但毅然屈尊前往，能隐能忍的背后是大智大勇。当忍得忍，忍而不发，小不忍则乱大谋。他学越王勾践"卧薪尝胆"，学部下韩信不惮"胯下之辱"。当然刘邦也不是一味地忍气吞声、隐忍无度，"隐"是为了"现"，"先忍"是为了"后发"，该出手时就出于。刘邦韬光养晦、蓄势待发，是在等待时机，阵前宣战、垓下决战，都是大爆发、总动员。

六是造神术。刘邦为自己编写了一部关于"龙的传人"的神话。《史记》里记载，"父曰太公，母曰刘媪。其先刘媪尝息大泽之陂，梦与神遇。是时雷电晦冥，太公往视，则见蛟龙于其上。已而有身，遂产高祖"。刘邦好酒及色，常从王媪、武负那里赊酒喝，醉卧不起，却被人看见有龙附体。刘邦夜行泽地，听说前面有巨蟒挡道，便拔剑斩杀之，被夜哭老妪暗示为赤帝即炎帝之子下凡。刘邦聚义之初，没有什么资本，常常藏匿于芒砀山中。夫人吕雉给他送饭，凭着头顶上方的祥云紫气，一找一个准儿。此闻一传十、十传百，"沛中子弟或闻之，多欲附者矣"。相信刘邦的父母也好，邻居王媪、武负，路上的老妪、老婆吕氏也罢，都不过是刘邦的"托儿"。古代帝王惯用这些小把戏，表明自己命系天赐、君权神授，让天下人臣服。

七是施巧术。奸诈巧取是刘邦的一大才能。早在当亭长时，吕雉的父亲吕公寄宿在沛县县令家中，达官显贵们上门道贺，管事按送礼轻重排席位。没有地位的刘邦一分钱也没带，却诈称

"贺钱万"，骗得吕公亲自到门口迎接，这一招果然奏效，喜欢相面的吕公一眼就发现刘邦器宇不凡，不但引为座上宾，还把女儿嫁给了他。可谓施诈成功。俗话说"兵不厌诈"，在与秦兵、与项羽的争战中，刘邦的施诈术、离间术、心理战、情报战运用得十分娴熟、相当频繁。不光施诈，刘邦还擅长巧取。灭秦战进入最后阶段，项羽指挥千军万马展开巨鹿之战，杀得昏天黑地血流成河，却不料刘邦精兵快骑，直取秦王，夺得秦之传国玉玺，算是先入关者。此举必然导致了项羽的不服气。刘邦善于取巧，其实是一种高超的智慧与胆识表现。

八是谋略术。从《史记》里看，刘邦用计远远多于项羽，每到关键必设计，每次用计必灵验。二人都是杰出的军事家，但项羽是以征服对手为目的，刘邦是以征服天下为己任。项羽攻城略地、杀人如麻，几无败绩，每一仗打得都很漂亮，强悍的秦兵主要是被项羽打下来的。所以有人赞曰："羽之神勇，千古无二"；而刘邦仅有打下咸阳、受降秦王之功，但他擅长从长计议，从战争一开场就筹划好了过程与结局。项羽重谋一役，在乎战斗之胜负，刘邦重谋全局，讲究战略之得失。项羽虽意气风发、斗志昂扬，却常常布局失策、经纬失序。刘邦虽屡遇狼狈与尴尬，动不动就"复入壁，深堑而自守"，却屡屡失而复得、有惊无险。与项羽斗智斗勇，刘邦总是借项羽之勇克自己之难，以自己之长制项羽之短，虽然不道德，却符合兵法，是军事家，更是政治家、战略家的谋略。年龄决定阅历，资历决定资本，一个年轻气盛，一个老谋深算，项羽自然搞不过长他24岁的刘邦。老将克新锐，应验了那句俗话"姜还是老的辣"。项羽是豪情万丈的伟丈夫，刘邦是心怀天下的大丈夫；项羽谋事，刘邦谋势，在对与错、赢与输、得与失、胜与负、成与败这五个层面上，项羽看重前面三个，刘邦则看重后面三个，城府不同，境界不同，结局当然不一样。历史舍项羽而选刘邦，无疑是正确的。在好人中选能人，在能人中选正人，这是兴国兴朝之要。

自古帝王多英雄。毛泽东说，刘邦是"封建皇帝里边最厉害的一个"。这是史家的功劳。

史笔如刀，刀下有情，故事里藏掖着臧否褒贬，史家的价值观决定着民族的历史观。司马迁笔下，项羽虽然没有刘邦的高瞻远瞩、深谋远虑，却活得潇洒与率性、尽情与坦荡，比刘邦高贵。《史记》记载说，刘邦被项羽追击到灵璧东睢水上，楚军骑兵追上来，刘邦为了逃命，情急之下竟把儿女们推下车。历史真相是不是这样，无从考证，但司马迁的爱憎却是跃然于笔端的。司马迁还收录了刘邦为报复嫂子当年对他不好而迟迟不封其侄，不善待功臣，好色无赖、拥戚姬而骑周昌的脖子等故事，想说明刘邦既有仁义表象，也有"两面人"表现的复杂形象。再譬如，《史记》里还说，公元前206年，刘邦与项羽对峙于广武，派彭越数次堵截项羽的援粮，项王急了，抬来高脚桌，扛来大砧板，把刘邦的老父亲绑在上面，派人告汉王说："你还不赶紧臣服，我就煮了你爹！"刘邦却说："我与你项羽都面北受命于楚怀王熊心，拜结过兄弟，我爸就是你爸。你如果一定要煮了你爸，就请分我一杯羹。"从中可以看出，项羽以仁义之心度刘邦之腹，而刘邦不但不急，反以流氓嘴脸应对，两个人的心理素质和品质泾渭分明。如果说二人都有流氓习性的话，项羽充其量是一个小流氓，而刘邦则是一个大流氓。《史记》中的项羽形象似乎更加丰满而正面，他既刚烈勇武，又柔情似水、情意缠绵。宁可壮烈牺牲，决不苟且偷生，羞愧感代表了高贵心、纯洁度。直到生命终结，项羽还不忘将自己的头颅馈赠故人。刘邦和项羽都曾以诗言志。刘邦得胜还军路过家乡沛县，宴请父老乡亲时作《大风歌》曰："大风起兮云飞扬，威加海内兮归故乡，安得猛士兮守四方！"项羽被困垓下，夜闻楚歌，心境凄凉，作《垓下歌》。两首诗赋都有气势，但刘诗是起势、开势，心气高涨；而项诗是收势、颓势，其势有衰，其鸣也哀，多少有些匹夫之勇和儿女之情，能赚足女人的眼泪，但时运不济、气数已尽。因此，在司马迁笔下，项羽是一个有精神、有魅力的汉子，各个侧面都很酷，但整体形象是悲剧；刘邦各个场景都不怎么光彩，但最终光彩夺目。

从这个角度上说，历史是司马迁写成的。他有没有把因李陵事件受腐刑而对汉武帝的怨恨，转嫁到汉高祖刘邦的身上，从而削低了刘邦的高度？我认为很难说没有。不但刘邦受损，秦始皇、吕太后等都受到影响。但是，不可否认，司马迁有一双洞察人类社会发展规律的眼睛，让我们看到了以项羽为代表的贵族阶级的没落与以刘邦为代表的农民阶级的崛起。同样是推翻暴秦，项氏集团领导的是一场六国贵族阶级的复国之战、复兴之战，而刘邦是为农民阶级利益而战，是革命的战争。不同的群众基础早就决定了战争的性质、民力的多寡和最终的结局。尽管后来刘邦也形成了新的地主集团，但这不是战争的出发点。项羽的本性，暴露了他作为贵族阶级的软弱性和不彻底性，刘邦的战略眼光反映了无产者的无畏和对社会本质的认知，看到了历史的走向。一定程度上说，刘邦是那个时代先进生产力的代表，推动了历史的发展，也留下了一部厚重的教科书。一个不知道来路的民族，是没有出路的民族，后来的革命者、统治者都试图从刘邦身上找教训、找经验。这叫作"以史为鉴"。

刘邦是真正统一天下的第一个皇帝。秦始皇不算，充其量是预演。秦灭六国，六国虽不存但人心并不归秦，复兴之梦想从未断绝，诛秦之浪潮此起彼伏。秦始皇在位仅11年暴卒，二世胡亥被奸臣赵高所诛，三世秦王子婴只在位46天，"孤立无亲，危弱无辅"，被刘邦约降，后被项羽刀斩，整个秦朝生存不过15年。秦朝的覆灭，内因在于朝纲不振、国力式微，君暴臣奸民反，苛政严刑峻法。刘邦一举平定天下，遂六国之遗愿，延楚国之福祚，施善政良法，济苍生百姓，开创了两汉400多年的基业，为大汉工朝同罗马帝国一起跻身世界强国，准备了足够的政治制度、物质基础和文化条件。此所谓族秦者秦也、兴汉者汉也。

两个人的战争浪激云涌、惊尘蔽天，终结了一个统一王朝，开启了另一个统一王朝。刘邦和项羽，是中华民族史上推动历史、改写历史、创造历史的双雄，不可或缺，缺一不可。

（原载《美文》2017年第4期）

04

何谓丝绸之路——以河西走廊为例

◎叶舟

丝绸是柔软的，它的幽雅与奇幻，色泽与纹理，代表了精致、富庶、高贵、江南、水以及摇曳斑斓的理想生活。它是古代中国的一个世俗符号，让一辈辈的先人们趋之若鹜，渴望衣锦而行，吹气如兰。丝绸也是坚硬的，当它从中国南方的蚕桑之地一跃而起，掉头北向时，一种神秘的意志与情怀便贯注其中，于是它就成了拓荒、西进、光荣、牺牲、开放和胸襟的代名词。它腋下生翼，高挂于北斗之上，由此成了我们这个民族一根生动的血管，一条脊椎般的天路，纵横西东。

谁也未曾料到过，一只卑微的蚕所吐露的内心，却在此后风沙漫天的西域，在苍茫无尽的岁月深处，结成了一条天网般的大道。——在这条路上，走来了宗教、乳香、琥珀、玳瑁、玉石、天马、植物和各种果蔬，也走去了丝绸、铜镜、凤凰、纸张、印刷、儒典和灿烂诗篇。这条路不仅输送了贸易、技术和图案，同时也交流了思想、伦理、道德和人生观。无疑，它是人类历史上最具想象力和变革精神的一条通道，它用一匹浪漫的丝绸，将东方和西方紧密地簇拥在了一起。它是当年全球化的逼真体现。它犹如一道灵光，让古代中国获得了神示，找见了一块"上马石"，也找见了一片能够凭倚的广袤后方，一个新的方向。

所以，当卓越的地理学家费迪南·冯·李希霍芬男爵于1877年，在他的《中国》一书中第一次造出"丝绸之路"这个词时，横亘于亚洲腹地深处的这一条天路，便逐渐掸落了灰尘，露出了它清晰的五官和婀娜的身姿。是的，丝绸是物质的，不仅可以穿衣蔽体，展示身份与地位，同时亦是能够量化的，去充当货币和军饷。但在我们民族的心灵史和成长史中，丝绸更是精神性的，它是独立、自信、富裕、和平和原创的象征。丝绸之路仿佛一组庞大而顽强的神经系统，延展于长安以远的广大西域，让那里的生民和万物谨守四序，春种秋收，迁延至今。

太庞大，也太深邃了，所以我只能选取河西走廊这一段，来探究丝绸之路的秘密奥义。

河西走廊，亦称甘肃走廊，因其位于黄河上游以西，又称河西走廊。它东起天堑乌鞘岭，西达古玉门关，绵延一千余公里。它南倚一脉千里的祁连山和阿尔金山，北靠罡风浩荡的马鬃山、龙首山与合黎山，形成了一条绿洲连绵的狭长通道。河西走廊所辖的武威（凉州）、张掖（甘州）、酒泉（肃州）、嘉峪关、敦煌（沙州），自古而来就是水草丰美、物产丰富的西北粮仓，同时又是重要的战略要地和边防要塞。在中国境内的丝绸之路上，尤以河西走廊显得底蕴深厚，波澜壮阔，一再地承载了我们民族最初的梦想和积极的作为。

2013 年 9 月，习近平主席提出了"丝绸之路经济带"的战略构想。这一宏伟的创意甫一面世，便引来了众声喝彩，群情响应。可以想象的是，在新的全球化背景下，这一条尘封良久的贸易大道，这一条被经年忘却的荒芜英雄路，这一片曾令我们民族血脉偾张的皇天后土，将再一次抖落风尘，踏上坦途。复兴丝绸之路，重现昔日的光辉，这理所应当地属于"中国梦"最有效和最有力的一部分。未来可期，时间和实践将会给予这一战略构想以充分的证据、丰硕的果实以及黄金般的品质。

那么，在历史的肌理深处，在流沙坠简似的过往岁月中，丝绸之路究竟为我们的民族带来了什么样的启蒙？怎样的开篇？这里，谨以河西走廊为例：

一、河西走廊印证了我们民族奔跑的少年时代与青春期

是的，大地说明了他们。

考察世界上任一民族的历史与发展，必须返身回向，深入她的源头，去探究她何以成为现在的全部理由。这些理由包括骨骼、血脉、经络、DNA等，也包括她童蒙的开启与稚嫩的涂鸦。古埃及人在他们成长的初期，便贡献了灿烂的金字塔、法老、面具、木乃伊和无数尼罗河的传说。古希腊和古罗马人在他们的发声阶段，捧出了神话、传奇、庙宇和恢弘的哲学，泽被了后世的文学与艺术。在耶路撒冷和阿拉伯半岛上，几个悠久的民族创立了各自的宗教，树立了圣人和规范，由此绵延千年，始终在测度着人们心灵的深度和信仰的方向。在两河流域及波斯高原，一串阿拉伯数字，一本《天方夜谭》，一座空中花园，至今犹如天籁

之水，令我们扪心倾听，获取了不竭的营养与灵感。

在我们民族的早期，也有一个抽枝发芽、表情焕然的天真童年。那时的先人们驻守晨昏，沐浴天地，身体是干净的，精神是清洁的，一派无邪的欢乐。那是《诗经》的时代。她一点儿也不逊色，她奉献出了瑰丽的诗篇、农耕、节气和对这个星球上自然万物的神奇想象。她背靠西天，在东方的土地上一个人顾影自盼，渴望淬火，求取一种庄重的成人礼。

于是，试探来了，匈奴大军仿佛一堵垮下来的高墙，催逼着她快速成长。

如今的河西走廊，呈现出了这个地球上除海洋之外的所有的地形地貌。沙漠、雪山、戈壁、草原、绿洲、冰川，以及无垠的良田，使这里成了一片成人的风景，如果你不了解她的前世今生，如果你不曾听见过风中传来的远古的呼啸，你就不会爱上她。那时的匈奴人骑在马上，显然窥见了这一片壮烈风景，他们若一阵烟尘似的席卷南下，却冷不丁地碰见了一位少年。不，是整整一群，一群长身玉立的白衣少年。

领头的少年叫刘彻。后世的人们因为他的不世之功，将其尊称为汉武大帝。

自秦至汉，我们民族的少年时代便拉开了帷幕。幸运的是，登上这个少年舞台的恰巧是一帮天纵之才，他们好奇，奔跑，血勇，独孤求败，渴望征服，每一块肌肉上都充满了力量与雄性荷尔蒙。他们一心想看遍世上的所有风景，想去追逐落日，去触摸地平线的尽头。那是一个行动的时代，是我们民族的"旧约年代"，没有废话，没有陈词，也没有羁绊。她碰巧遇上了南下的敌手，不免怒发冲冠，引刀一试。

　　那一刻，江山和社稷就寄在了这一群美貌少年的身上，他们的名字可以开出一个长长的单子：刘彻、卫青、霍去病、李广……他们的信念就是匈奴未灭，何以家为。他们相信自己就是一块耐火的城砖，要去奠基。他们明白自己必须做一把刀，不能躲在鞘中，自毁锋芒。对了，还有一个姗姗来迟的使臣张骞。他第一次用双脚丈量了这一条河西走廊，他踏勘，他摸排，他受难，他几乎用一己之力，像一枚尖锐的针刺破了未知的天幕，不辱使命，找见了方向和地平线，完成了这一趟"凿空"之旅。——那一刻，这个帝国在开疆斥土、在金戈铁马，上演了一幕幕浪漫主义和英雄主义的大戏。无疑，这是一出恳切而艰难的成人礼，让我们民族在燃情岁月中终于技成出徒，有了初次的飞翔。

　　的确，唯有大地，唯有河西走廊，才能说明这一群奔跑而壮美的少年。

　　也恰是在那时，我们民族才正式获得了自己的姓氏、血缘、谱系和底色，才真正拥有了自己的西部疆域、后方、屏障以及梦想的仓库。这一条千里走廊，带着她无尽的石窟、烽燧、城墙、崖壁和山脊，让一个新生的帝国不仅有了广阔的战略纵深，也有了精神的海拔与高度，真可谓敦煌日落，大漠苍黄，饮马冰河处，西认天狼。

　　这一时期，我们民族的属相是马。天马高蹈，长歌不绝。

　　一个人仅仅有了成人礼是不够的，他还需要一场青春的确立。对我们民族而言，这一场青春期的挥洒和宣喻，醉酒与狂欢，追逐和认知，则是由一群从大唐盛世里逃逸而出的诗人和释子们完成的。文章千古事，社稷一戎衣。于是，在少年刘彻之后，在西进的硝烟渐渐消失后，这个国家先后有了法显、玄奘、鸠摩罗什等人去取经，去问道，去译介，去求索，从而满足自己对天边的一切想象，用远方的养料来填充自己饥渴的求知欲。至今，矗立在凉州城内的罗什寺，仿佛仍在用一枚枚珍贵的舍利，诉说着当年的脚印、美和青春。

在求法僧的另一侧，于河西走廊的晨昏中，还有一群诗人们衔命出走，一路上题诗作赋，歌吟不断。他们用平仄和声律，去给大地贴标签，去命名，去记录，去寻求一种新的可能。他们给这个国家带来了新的视角、新的叙事和新鲜的道路，带来了别样的方言与风俗，也带来了一个又一个新鲜的地名，以诗入史，以史入诗。他们的诗歌和漫游，想象与书写，是那一个燃情岁月里的主旋律、畅销书和焦点所在。他们内心的律令就是西进、西进、西进，每一个诗人就是一支军团，一支猎猎远去的轻骑兵。那一刻，他们一定没有被贬谪、被抛弃、被割肉的孤儿感。因为他们是我们民族最优秀的一批先遣军，一群儿子娃娃，他们相信自己拳头上能站人，胳膊上可跑马，相信唯有旷野中才有真实、磨砺、光荣与盛名，但这些必须靠一腔血勇和青铜之骨骼才能去争取，去拥戴，去捍卫。

说到底，那时的他们，心中还保有一个伟大的信条：天下！

天下的秘诀其实就两个字：兴，亡！但在兴亡之际，有一支笔，一卷空白的汗青，就站在你的面前逼视你，让你判断和抉择。那一刹，天下也等于一册史书，菩萨心，霹雳手，你要么流芳，要么遗臭，它会一丝不苟地书写你，毫无绥靖和模糊。

天下还是一个词：天良！他们笃信举头三尺有神明，有一根尺子在测度，有一杆秤在掂量，有一盏心灯，永远不会被无辜地吹灭，像太阳。

天下另有一个同义语：苍生！

因为，那时候的江山远阔，是用来眺望和珍爱的；那时候的月亮也朴素，是用来怀想和寄托的；那时候的飞鸟有翅膀，野兽带牙齿，大地上的四季泾渭分明，是和苍生一起合唱的；那时候的一封家书蓬头垢面，足够跑垮一匹马，跑烂十几双鞋子；那时候的钱叫银子，月亮是白的，揣在怀里是沉甸甸的；那时候还有一种普天下的香草，名叫君子；那时候天上有凤凰和鲲鹏，地上有关公和秦琼，亦有剑客与死士，身上背着忠义和然诺，万人如海，不露痕迹；那时候的心也是亮的，还没有瞎掉，一睁开眼睛，就知道天良犹存，所谓的天下其实是每一位苍生的。

明月出天山，苍茫云海间，长风几万里，吹度玉门关。于是，像李白、王昌龄、岑参、王翰等诸多诗人的汗漫诗篇，一定有着她命运般的来路，同时也宣喻了她不可遏止的方向。——向西突进，经略西域，就是当年的国家叙事，也是我们民族在那一个青春年代的叙事主轴。此可谓剑影处，飞沙走石，梦功名，投笔也昂藏。英雄路，正堪回首，标汉追唐。

无疑，在这一场焰火喷涌的青春期，我们民族的属相是龙。盘踞天空，佛雨洒布。

二、河西走廊的尘封，让我们的民族失却了真正的国家性格

在奔跑的少年时代和青春期结束后，我们的民族俨然花落莲出，成了一个泱泱帝国，坐在沉重的龙椅上，进入了漫长而臃肿的中年。——她有了刻板的秩序与等级，有了严格的礼仪和规制。她的富裕和胃口，让身形渐渐的肥胖了起来，蜷作一团，忘了眺望和警醒。她的刀枪入库，马放南山，让其放弃了追逐与做梦。她实行了严格的海防和塞防，鸵鸟一样，令自己的版图慢慢枯干，逐渐板结，以至于内心坍塌，有了深渊般的黑洞，吸食着一切向外与扩展的冲动，一切积极的作为。她不再血勇，也不偾张，更不凌厉，相反却学会了养生和咳嗽。她炼丹。她望气。她富态。她圆滑。她"三高"。她绘制了各种长生不老的秘籍。她开始灰头土脸的从河西走廊这一条长路上大规模地收缩了回来，埋头于宫殿与朝堂，自锢于内讧和权术，分心于茶艺及歌舞。即便蒙元和努尔哈赤像一堵堵高墙倾轧而下，她也只能衰弱无力，

在精神上挥刀自宫，顾影自怜，写下一首首弱不禁风的宋词元曲和红楼遗梦。

至此，河西走廊彻底荒芜了，萧条了，干涸了。

在罡风和尘暴掩埋不住的大路两岸，迄今仍留有往昔英雄们的辙印和箭矢，仍有哀歌以及狼烟遍地的灰烬。北斗七星高，哥舒夜带刀，至今窥牧马，不敢过临洮。如此凛冽剽悍的谣唱，在后世的岁月中几近于一种传说，一首肝肠寸断的悼亡曲。

致命的是，尘封的河西走廊，让我们的民族失却了一次建立真正的国家性格的机遇。

究其里，所谓的国家性格就仿佛一根带电的脊椎骨，能让一个民族挺立起来，持续地拥戴和保有她的民众、传统、文化、政治、历史与锦绣山川。在它的庇护下，家庭、社会、文明礼仪和可持续的繁荣都将成为一种常态，一种题中应有之意。国家性格不应该仅仅是一个民族的表情，也不止是一种感性的表达，更是骨骼、血脉、经络和DNA，静水深流，金沙深埋，一再地契入了这个民族的心理与肌理的最深处，凝成了一种思想和价值观，须臾不可更替，唯有不断的充盈和丰富，才能勃兴而阔大，犹如参天之树。

一根带电的脊椎骨，往往会在历史的重大关口，霹雳而下，烁烨光辉，一刹那照亮了脚下的道路和方向。但是，在河西走廊以至整个丝绸之路尘封之前，我们的民族却来不及去整理、锻造和熔铸，从而失却了一个凤凰涅槃的宝贵时刻。

然而，在地球的另一壁，美利坚民族却辗转西进，抓住了一次重大机遇。

如同地中海之于希腊人，海洋和大规模的航行之于葡萄牙人和英国人，西伯利亚之于俄国人，丝绸之路之于我们的民族一样，每一个边疆的确都提供了一种新的机会，新的领域，新的精神契机。这意味着摆脱旧日束缚去寻找出路，生气勃勃，重拾自信，不堪忍受且蔑视旧有的思想和桎梏，革面洗心，归纳历史。新的边疆，等同于新的经验，新的制度与活力，也是一个民族能够脱胎换骨的坛场或高炉。

与我们民族的青春期一样，行进在美国西部的那些拓荒者、牛仔、探险家、掘金者、流民、罪犯、土地测量员、律师、警官、牧师等等的，他们一个个都是激情澎湃的诗人，写下了热腾腾的诗篇和隽永流长的家书，寄往东海岸或欧洲大陆，描述着眼前这一片令人惊诧的土地："天堂似乎就在那里，显露出它最初的天然光彩""……我来到了居高临下的山巅，看见下面那富饶的平原，美丽的地面""我们现在……发现置身于移民的洪流中，旧美国似乎瓦解，而向西迁移""远行，远行，我远行越过了辽阔的密苏里河""自由之星亮又大，指向了太阳落山的地方，弟兄们""土地大得叫你走完自己的玉米地就会把你累倒了""到西部去，到西部去，到自由者的土地去，密苏里河在那里浩荡入海""……我还要说，人间要有迦南，那就在这里。这里的土地是蜜与流奶之地。"

立国之初，美国人就认为西部的存在对美国经济具有重大的作用。本杰明·富兰克林和乔治·华盛顿等人非常注意个人在西部通过土地投机而获利的机会，但也意识到了西部的尚未开发的富饶资源可以保证社会的自力更生，其特质可以使美国跃居世界上更古老的国家之前。诗人、作家和政治家们也都纷纷呼吁，一个繁荣民主的美国的希望就在这大片大片的"处女地"之上。

这些"在英国遭到命运鄙弃的人"，在此后两个多世纪的密集讴歌中，将全世界最华丽的辞藻都贡献给了西部：美丽的草原；最肥沃的土地；最大的林场；长满金黄色谷物的大片庄稼；一望无际的大牧场；第二天堂；这不是肥沃而是无比肥沃的大地……是的，美国的西部具有多种多样的魅力，其中一个就是它广袤无垠且未开垦的处女地。在那里，棉花，玉米，大麦，小麦，野牛，黄金，甚至女人与爱情，一切都仿佛是上帝的赏赐，来得如此慷慨，如此不费吹灰之力。在冒险西进的路上，有关死亡、热病、疟疾、孤寂、挫折、累断脊骨的心酸劳作都被刻意地掩盖了，取而代之的则是阳光、海滩、美酒和新鲜的黄油。人们嗅着太平洋的海风吹来的咸腥气息，一路上丢盔卸甲，马不停蹄，去争取赢得西部，赢得一个个再生的人间天堂。于是乎，仅仅在1848年开始的两年间，便有八万多人像染上了迁徙病毒一般，蜂拥而入地杀进了加利福尼亚。他们并没有呻吟，也不曾叫苦不迭，他们在西进的道路上，渐渐感觉到这是一种"天赋使命"。

由此，"西行"和"老是搬个没完"，就成了这个国家的一种命运，一种国民的习惯和精神状态了。这一时期，美国人是地球上最流动转移的人群，因为前方堆满了财富和荣誉，"几乎是毫无束缚，自由得像山上的空气"一样。

然而，恰是在这一广阔的背景下，美国人开始了对自己国家性格的奠基与塑造。

像所有的西部一样，她的辽远和赤裸，蛮荒和富庶，杀戮与生机，艰辛与成就，都仿佛一对巨大的矛盾休，横亘在每一个意欲拨马转向、踏行西去的人们面前。它既是一份致命的诱惑，亦是一番深刻的挑衅，同时它也是机会、胸襟、光荣、声名和财富的象征。西部是动态的，边疆之外，另有一重重新的边疆和新的地平线挂在天上，喝令人们去发现，去开拓，去占领。西部也是一块试金石，在她面前，所有的虚妄、自满、花拳绣腿以及假惺惺的斯文和教养都会被剥去伪装，露出最终的底牌。

于是，当西行的人们面对这一片陡峭而璀璨的天空时，一切都发生了。

这时的美国社会的现状，呈现出了一种与众不同的现象。他们相信，一个替旅客牵马拽镫的小孩也可能当上美国总统（范布伦，美国第八任总统）；一个平民的子弟通过诚实的劳动，也可以拥有居所和牧场；如果胳膊够结实，腿勤快，敢于付出，倒霉的日子终将过去，蜜糖一般的生活指日可待。他们还相信，处处都有好运气，处处都有幸福在张望，只需要你心中燃起一堆烈焰，一股强烈的不停歇的热情，你终将得偿所愿。——自从脱离了欧洲之后，这块崭新的大陆所呈现出的事实，对全世界来说都是新鲜的，令人大吃一惊的。它具有如此奇特的重大意义，哪怕是凭想象和做梦都探不出什么究竟的。

这样的一天总会……来到。他们笃信无疑。

是的，因为这个信念，在美国西部出现了一种别样的沸腾景象，到处都是忙碌，奔走，奋斗。人们的脸上堆满了笑容、单纯、信任、热情、坦率、公正、厚道，以及雄心勃勃的个人主义情怀。他们蔑视经验，信赖自己的一双手胜于信赖别的一切。他们相信平等和机会。他们粗野可爱，热衷于追求物质利益，"宁可看见自己的小河上有磨坊在磨粉，也不愿意看见维纳斯或阿波罗的大理石雕像。"他们敏锐而果敢，讲实力却又喜好盘根究底，讲究实际而富于创造力，脑子快，办法多，有充沛的精力，也有着一览无余的开朗和活力，以及与大地一般与生俱来的奔放和活泼。在这一片未开垦的土地上，对生存的挑战，激励了人们自力更生和自给自足的念头，从而促进了一种对个人的价值的执守，以及对个人不分出身或教养而去承担政治义务的能力的信念。——所有这些，乃是广阔西部的美丽赐予，也是远方以远的边疆所赋予的显著特质。

可以说，美国的历史，在很大程度上一直是向伟大的西部进军的历史。西部的无限元素，构成了美国传统这个图案中显著突出的线条。它们象征了美国作为一个充满机会、社会更新和进步之邦的观念——美国观念中最基本最持久的组成部分之一。

如上所述，也是在这种西进的过程中，美国的国家性格也渐渐地凸显了出来，形成了他们民族肌理和心理深处的骨骼、血脉、经络与DNA，时至今日，仍然若源头之水，澎湃不减，一眼就能够认出来。这在汗牛充栋的西部片，在电影《燃情岁月》《肖申克的救赎》等等的一大批影视作品中毕露无遗，引人注目。

这就是美国式的史诗。或者说：美国史诗。

这样的国家性格，注定让每一个公民有了强烈的认同感和皈依感，也有了一种神圣的责任与义务。在《寻找美国的诗神》一文中，桂冠诗人罗伯特·勃莱如此写道：

悲痛是为了什么？在那遥远的北方

它是大麦、小麦、玉米和眼泪的仓库。

人们走向那圆石上的仓库门。

仓库里饲养着所有悲痛的鸟群。

我对自己说：

你愿意最终获得悲痛吗？进行吧，

秋天时你要高高兴兴，

要修苦行，对，要肃穆，宁静。或者

在悲痛的山谷里展开你的双翼。

三、开启"一带一路"战略，实则是"中国史诗"的真正开篇

狮子老了，但它毕竟是狮子。

事实上，尘封千年的丝绸之路，并不是远避一隅，也没有一时一刻离开过我们民族的文明进程。相反，在滚滚消失的岁月里，她用自己枯干的脊梁，独自支撑起了一片浩瀚西天，静候着罡风尽逝、重拾山河的那一天。她用不曾凉却下去的壮烈风景，依旧保存下了对英雄挽歌的记忆、追怀和景仰。她用流沙坠简似的诉说，仍然闪现出了昔日的爝火、杀伐与呼啸。她也用了纵贯千里的脉脉深情，吁请和平降临，来为我们民族的昨天、今天和未来恳切祈祷。她沉浸。她不语。她内敛。她一直在酝酿庄严，静待着一个拨云见日的时刻。

或者说，如河西走廊这样优美的仓库，不仅参与到了世界上

唯一将五千年文明完整带入了今天的国家行动中，她还以自身的卑微存在，保存下了对早期文明的书写与珍爱。在遗址遍地的河西走廊，有关丝绸之路上的吉光片羽历历在目，俯拾皆是，比如敦煌。

我想说，敦煌如今是一个被严重误读了的概念。在一些左翼的制式乡愁式的散文中，敦煌以及她宝贵的经卷和壁画是被侵略、被掠夺的象征，是落后、贫瘠、谄媚西方的代表。在这类文化保守主义者的笔下，河西走廊以至于整个丝绸之路被再一次锁闭了，打入了冷宫，尘暴和风沙让她又一次灰土满面，无辜神伤。

敦煌不光是一座莫高窟，实际上，她是几种文化的总枢，是古代西部中国甚至中亚以远的文化首都。无论从历史、地理、军事、贸易、宗教、民族和风俗，还是从我们民族的缘起与精神气象上讲，她都有一种奠基或启示的意义。敦煌也不是因为藏经洞的发现才广为人知，成为今天的显学的，她始终占据着这一片大陆腹地深处所有文明的制高点，而像莫高窟、榆林窟、断长城、玉门关、阳关等等的遗址，仅仅是"敦煌"这个母题的一小分子。她是地标。她亦是领头羊。

在 2000 年出版发行的拙著《大敦煌》中，我这样写道：所谓宇宙的乡愁和广阔的忧伤，于我而言，只是穿行在北半球日月迎送下的这一条温带地域中，它由草原、戈壁、沙漠、雪山、石窟、马匹和不可尽数的遗址构成。在一首一以贯之的古老谣风中，它更多的是酒、刀子、恩情和泥泞、灾祸、宗教、神祇、生命及牺牲，正义和隐忍提供着铁血的见证；而在人类的烽燧和卷册中，楼兰王国、成吉思汗、丝绸之路、风蚀的中国长城、栈道、流放和最珍稀的野兽，如今都成了一捧温暖的灰烬。——北半球这一段最富神奇和秘密意志的大陆，不是一个地理名词，不是一个历史概念，更不是一个时空界限。它是文化的整合，是一个信仰最后的国度。

一定的，只有在这个方向上，我们民族的龙马精神才有了根据和源头，我们民族也才能重新找回曾经的强劲脉搏，拾取过去的自信与笑脸。

是时候了，"丝绸之路经济带"的提出，不单是国家层面的审慎思考和战略选择，也是我们民族再次复兴、和平崛起的一种主动出击，更是这一条辉煌大路的再生之旅。狮子老了，但它毕竟是狮子。朱云汉先生在《高思在云：一个知识分子对 21 世纪的思考》一书中说：21 世纪最重要的挑战就是去理解、应对中国崛起及其带来的世界秩序的重组。在过去的 300 年里，只有四个历史事件可以跟中国的崛起相提并论。第一是 18 世纪英国的工业革命，第二是 1789 年法国的大革命，第三是 1917 年的俄国十月革命，第四是 19 世纪末到 20 世纪初美国的崛起。

洵不虚言。

由此可见，重开河西走廊以及丝绸之路，就是要找回我们民族不曾消逝的少年时代和青春岁月。因为血没有变凉，梦依旧滚烫。

2014 年 7 月，习近平主席在一次讲话中，结尾时引用了一生钟爱中国文化的美国诗人玛丽安娜·摩尔的诗作《然而》说："胜利不会向我走来，我必须自己走向胜利。"同样的情怀和热忱，也曾经出现在了康乾盛世时的诗人黄仲则的《将之京师杂别》一首中。他这样说："自嫌诗少幽燕气，故作冰天跃马行。"

而现在，重新敞亮一新、开阔包容的河西走廊乃至于整个丝绸之路，将会是我们民族复兴大业、实现梦想的"冰天跃马"之旅，更是"中国史诗"的真正开篇。

（原载《芳草》2016 年第 3 期）

05

大敦煌

◎徐可

一

从兰州出发，沿河西走廊一路西行，过武威、张掖、嘉峪关，最后到达敦煌，凡一千一百余公里。七十余年前，当莫高窟的第一代保护者常书鸿与他的同伴们奔赴敦煌时，他们乘坐的是一辆破旧的敞篷卡车，在破烂不堪的公路上整整颠簸了一个月，才到达甘肃安西。从安西到敦煌的一百二十多公里路程，连破旧的公路也没有了，他们雇了十头骆驼，在一望无际的戈壁滩上走了三天三夜，才终于到达敦煌。而现在，现代化的高速公路缩短了时间与空间。我们坐着舒适的大巴，虽然走走停停，沿途走马观花，但只用了两天一夜就到达目的地。其间在武威、嘉峪关短暂停留，蜻蜓点水地看看雷台汉墓和明代长城；张掖则歇了一宿，夜晚对着穹庐似的"笼罩四野"的天空、明晃晃的月亮和一天繁星赞叹不已。

敦煌是我们这趟旅行的终点，也是旅行的重点。一路西域风光，沧桑雄浑，美不胜收，而敦煌则达到顶点。仿佛一条飘逸的丝绸，缀满了珍贵的珠宝，敦煌无疑是其中最大最亮的一颗；仿佛一部恢宏的交响乐，前面所有的名胜都是序曲、是铺垫，敦煌才是最激动人心的乐章；仿佛一部厚重的大书，前面的是序言、是引子，敦煌才是博大精深的正文。这一路的风景，仿佛只是为了烘托敦煌，如众星拱月一般。

敦煌，一座总面积只有 3.12 万平方公里、总人口只有 18 万的蕞尔小城，就敢取这么一个大气磅礴的名字，让人不得不佩服她的气魄。查史书，"敦煌"一词，最早见于《史记·大宛列传》。

张骞在给汉武帝的报告中说，"始月氏居敦煌、祁连间，及为匈奴所败，乃远去"。公元前111年，汉朝正式设敦煌郡。东汉应邵注《汉书》中说："敦，大也；煌，盛也。"唐朝李吉甫编的《元和郡县图志》进一步发挥道："敦，大也。以其广开西域，故以盛名。"尽管现代大多数学者都说，"敦煌"一词是当地少数民族语言的汉语音译，但是敦煌人宁愿相信古人的解释。我也信，敦煌当得起这样大气的名字，她有这样的气魄，也有这样的自信。就是这块土地，曾经是丝绸之路河西道、羌中道（青海道）、西域南北道交会处的边关要塞，是丝绸之路上的璀璨明珠，连接起汉唐盛世与西域文明，手挽着长安城与波斯湾，见证了无尽的繁华与沧桑。在汉代，当时的敦煌疆域辽阔，统管六县，西至龙勒阳关，东到渊泉（今玉门市以西），北达伊吾（今哈密市），南连西羌（今青海柴达木），被誉为"华戎所交，一都会也"。在唐代，敦煌更是成为一座拥有140万人口的大城市，仅次于首都长安。现在，敦煌虽然没有了当年的显赫地位，规模也大大缩小，然而，历经汉风唐雨的洗礼，文化灿烂，古迹遍布，敦煌文化的独特价值和迷人魅力与日俱增，吸引着越来越多的国内外游客。

这是我第二次来敦煌。二十年前，我曾经来过一次敦煌。虽然时间仓促，只能浮光掠影、匆匆一瞥，但却惊艳无比，被她的美深深震撼。这么多年来，我一直盼望有机会重访敦煌，再次献上我的敬意。现在，这一心愿终于实现了。在读书人心目中，敦煌是一个必须朝拜的圣地。不止一次。

二

地处甘肃、青海、新疆三省区交会点，东峙峰岩突兀的三危山，南枕气势雄伟的祁连山，西接浩瀚无垠的塔克拉玛干大沙漠，北靠嶙峋蛇曲的北塞山，敦煌天生就具有一种万邦来朝的威仪。

敦煌古称"沙州"，春秋时称为"瓜州"，它是高山、戈壁和沙漠环抱中的一块小绿洲。在这个群山环抱的天然小盆地中，清清的党河水滋润着肥田沃土，绿树浓荫挡住了黑风黄沙；粮棉旱涝保收，瓜果四季飘香……在它的周围，沙漠奇观神秘莫测，戈壁幻海光怪陆离。这里遍布名胜古迹：被誉为"塞外风光之一绝"的鸣沙山，有"沙漠第一泉"之称的月牙泉，具有我国保存最完好的古代军事防御系统和农田水利灌溉系统的锁阳城，敦煌文明历史的发源地三危山，因地形奇异而有魔鬼城之称的雅丹地貌，当然还有著名的嘉峪关、玉门关、阳关……

到达敦煌，暮色四合。来不及掸去一路的风尘，我们直奔著名的沙州夜市。沙州夜市是敦煌最大的夜市，以其鲜明的地方特色和浓郁的民俗风情，被誉为敦煌"夜景图"和"风景画"。现在是九月，正是敦煌的旅游旺季，沙州夜市游人如织。吃一口特色小吃，喝一口冰镇啤酒，仰望星空，神清气爽。深秋的敦煌显得格外清朗，夜晚的天空格外高蓝，明月洒下一地清辉。从来没有见过这样晶亮的满天繁星，好像一天的星星都集中到这块天空了。城市不大，但建设有序、干净整洁、规划整齐。汉唐的建筑，街头的飞天雕塑，满墙风动的壁画，让人疑在历史与梦幻之中。它没有林立的高楼大厦，没有现代的立交桥，但是它有历史的厚重，它有"葡萄美酒夜光杯"的精致。

一夜小雪，鸣沙山披上一层洁白的轻纱，空气像水洗过一样清爽。登上山顶，举目四望，那一道道沙峰如奔涌的波浪，气势磅礴，汹涌澎湃。山坡上的沙浪，如碧波荡漾的涟漪，跌宕有致，妙趣横生。微风吹来，扑人心怀，爽人心肺，心胸顿觉空明。下山最为有趣，顺坡而下，只觉两肋生风，软软的流沙让人犹如腾云驾雾，飘飘欲仙。

鸣沙山的沙粒有红、黄、绿、黑、白五色，当地人称它"五色神沙山"。阳光下的鸣沙山，如大海中的波涛，奔涌起伏，甚为壮观。登临此山，听到山与泉的同振共鸣，犹如钟鼓管弦齐奏，令人动魄惊心。《后汉书·郡国志》引南朝《耆旧记》云：敦煌"山有鸣沙之异，水有悬泉之神"。《旧唐书·地理志》载，鸣沙山"天气晴朗时，沙鸣闻于城内"。

相传，古时候有一位将军，在此打了败仗，全军覆没，积尸数万，忽狂风四起，飞沙走石，天昏地暗，伸手不见五指，一夜之间，吹沙覆盖成丘，后沙丘内时有鼓角声相闻，人们就称其为鸣沙山了。因其绵亘横卧，宛若游龙，形如土龙身，又称其为"白龙堆"。

被誉为天下沙漠第一泉的月牙泉，千百年来不为流沙而淹没，不因干旱而枯竭，茫茫大漠中有此一泉，在满目苍凉中有此一景，造化之神奇，令人心醉神迷。月牙泉有版本众多的美丽传说，听导游说，月光下的月牙泉更美丽。最好在农历十五月圆之夜时来，露宿在鸣沙山才可以亲历那梦幻仙境般的意境。

三

来敦煌不能不去瞻仰莫高窟。是的，是瞻仰，不是参观。

瞻仰莫高窟是敦煌之旅的压轴大戏。

莫高窟，俗称千佛洞，坐落在敦煌城东南 25 公里的鸣沙山东麓的崖壁上。它始建于十六国的前秦时期，历经十六国、北朝、隋、唐、五代、西夏、元等历代的兴建，形成巨大的规模，有洞窟 735 个，壁画 4.5 万平方米，泥质彩塑 2415 尊，是世界上现存规模最大、内容最丰富的佛教艺术圣地。

进入莫高窟，我的心情变得特别肃穆，仿佛虔诚的信徒进入神圣的殿堂一般。1600 多年的开凿与修复，彩塑、壁画、飞天，集佛家思想和天马行空的艺术于一身，静下心来，仿佛还能听到风中飘荡着 1600 年前的斧凿声。

洞窟门一打开，历史的味道迎面而来，栩栩如生的泥塑和壁画好像带你走进了历史，走入了千年前。你可以看见千年前的画工巧匠们一点一点描绘、上色。可是那些泥塑的残破又告诉你时光已逝、光阴变换的事实。那些佛像用着千年不变的平静面对你，微微上扬的嘴角诉说着乐观豁达。其实他们面对的不只是你，还有千年的历史，那些进入盗宝的强盗，那些谦卑的祈福的平民。他们只是豁达平静地看着。直到今天，他们迎来一批一批特殊的或者普通的客人，来研究或者观摩这些历史遗留的艺术珍品。

在我们参观的十来个洞窟中，最使我赞叹的是莫高窟第一大佛，它是唐朝时期制造的，造型宏大，体态丰满，面容雕刻十分精巧。它的手制作得更是惟妙惟肖，特别是左手自然放置在腿上，被称为"天下第一美手"。在这座大佛的脚下，有两个进出的洞，通过这两个洞可以钻过佛像的两只脚，据说古人正是用这种钻佛脚的方法祈求平安。这个大佛脖子上有三道肉环，手有四节，这栩栩如生的造型充分体现了佛的特点。更让人惊叹的是，这座巨大的佛像是一座完全从石壁上凿出来的坐佛，令人不得不佩服古人的智慧。

敦煌文化源远流长，博大精深。公元前111年，汉朝正式设立敦煌郡。为防御匈奴侵扰，汉廷从令居（今永登）经敦煌直至盐泽（今罗布泊）修筑了长城和烽燧，并设置了阳关、玉门关，敦煌成为中原通往西域的门户和边防军事重镇。汉廷对敦煌的战略地位极为重视，汉武帝几次从内地移民于此，带来了内地先进的生产技术和文化，使敦煌逐渐发展成为繁荣的农业区和粮食生产基地。通过修筑长城和烽燧，敦煌与酒泉、张掖、武威连成一线，对内保卫着陇右地区的安全，对外有力地支持了汉王朝打击匈奴经营西域的一系列军事活动，并逐渐发展成为中原王朝统辖西域的军政中心。三国北朝魏文帝曹丕即位以后，派兵消灭了河西的割据势力，继续推行西汉以来的屯田戍边政策，保护来往商人，使敦煌成为丝绸之路上的重要商业城市和粮食基地。

汉代丝绸之路自长安出发，经过河西走廊到达敦煌，继出玉门关和阳关，沿昆仑山北麓和天山南麓，分为南北两条道路。南线从敦煌出发，经过楼兰，越过葱岭而到安息，西至大秦（古罗马）；北线由敦煌经高昌、龟兹，越葱岭而至大宛。汉唐之际，又沿天山北麓开辟一条新路，由敦煌经哈密、巴里坤湖，越伊犁河，而至拂林国（东罗马帝国）。自汉至宋，丝绸之路是通往西方的交通要道，敦煌也由此成为丝绸之路上的一颗璀璨明珠。

沿着丝绸之路，中国的丝绸及先进技术不断向西传播到中亚、西亚甚至欧洲，而来自西域的物产亦传播至中原地区。丝绸之路上，各国使臣、将士、商贾、僧侣络绎不绝，而敦煌成为"咽喉锁钥"，据丝绸之路之要冲，成为中西方贸易的中心和中转站。西域胡商与中原汉族商客在此云集，从事中原丝绸和瓷器、西域珍宝、北方驼马与当地粮食的交易。

与此同时，中原文化、佛教文化、西亚和中亚文化不断传播到敦煌，中西不同的文化在这里汇聚、碰撞、交融，使得敦煌成为"华戎所交，一大都会"，人文荟萃，文化粲然，这些繁荣的景象在莫高窟第296窟窟顶的壁画上有着生动的记载。

莫高窟是敦煌文化的集大成者，堪称"明珠上的明珠"。

前秦建元二年（公元366年），僧人乐尊路经敦煌附近的鸣沙山，忽见金光闪耀，如现万佛，于是便在岩壁上开凿了第一个洞窟。此后历经北朝、隋、唐、五代、西夏、元等朝代修凿造像，蔚为奇观，人称"千佛洞"。隋唐时期，随着丝绸之路的繁荣，莫高窟更是兴盛。隋代存在的37年，在莫高窟开窟77个，规模宏大，壁画和彩塑技艺精湛，同时并存着南北两种截然不同的艺术风格。唐代的敦煌同全国一样，经济文化高度繁荣，佛教兴盛。莫高窟开窟数量多达1000余窟，保存至今的有232窟，壁画和塑像都达到异常高的艺术水平。安史之乱后，敦煌先后由吐蕃和归义军占领，但造像活动未受太大影响。西夏统治者崇信佛教，不排斥汉文化，在文化艺术方面取得了长足的发展。据统计，在宋、夏时期，共开凿洞窟 100 个。至今，莫高窟和榆林窟保存着大量丰富而独特的西夏佛教艺术。"敦煌遗书"即在西夏统治时期（1036 年）封藏于莫高窟第 17 窟内。元朝以后，随着丝绸之路的废弃，莫高窟也停止了兴建并逐渐湮没，直至清末被重新发现而为世人所知，甚至形成了一门专门研究敦煌莫高窟藏经洞典籍和敦煌艺术的学科——敦煌学。1987 年莫高窟被列为世界文化遗产。

四

敦煌者，吾国学术之伤心史也。

——陈寅恪

走进敦煌研究院大门，一块条石上镌刻着的大字格外醒目，也格外锥心。

如果不是因为一次意外的发现，也许莫高窟现在还静静地沉睡在沙漠的怀中；或者，她在合适的时间被合适的人发现，也许能够受到更好的保护。

可惜，历史不能假设。

1900 年 6 月 22 日，敦煌莫高窟下寺道士王圆箓在清理积沙时，无意中发现了藏经洞，并挖出了公元 4—11 世纪的佛教经卷、社会文书、刺绣、绢画、法器等文物 50000 余件……

王道士在无意中发现了一段历史，从此敦煌不再平静，从此敦煌在被掠夺、被肢解中走向世界，从此无数的学者为她皓首穷经，从此世界上产生了敦煌学。

在前人留下的各种文献中，我们痛心地看到了敦煌文物被掠夺的历史：1907、1914 年，英国的斯坦因两次掠走遗书、文物一万多件；1908 年，法国人伯希和从藏经洞中拣选文书中的精品，掠走约 5000 件；然后是日本人橘瑞超和吉川小一郎，掠走约 600 件经卷；俄国人奥尔登堡，拿走一批经卷写本，并盗走第 263 窟的壁画；美国人华尔纳，用特制的化学胶液，粘揭盗走莫高窟壁画 26 块……

如今，一些人把敦煌劫难的账算在王道士头上，指责他为敦煌的罪人。把一场民族灾难的责任算在一个小人物的头上，这是何等的不公平！事实上，王道士曾经为保护敦煌文物而努力、奔走呼号过，可是没有得到任何响应；他人微言轻、势单力薄，怎么支撑得起将倾的大厦？

面对敦煌遭遇的重重劫难，中国的知识分子拍案而起，他们义无反顾地站了出来，掀起了一场敦煌大抢救运动。

最先站出来的，是著名金石考古专家罗振玉。当他得知一批珍贵的敦煌文物沦落到法国人伯希和之手后，当即报告学部，要求即刻发令保护藏经洞遗书。同时，他还公开发表了《敦煌石室书目及其发现之原始》《莫高窟石室秘录》，首次向国人公布了地处边远的敦煌无比重大的发现，以及痛失国宝的真实状况。

紧接着，一批著名学者，包括胡适、郑振铎、王国维、陈寅恪、王仁俊、蒋斧、刘师培等，都投入到对敦煌遗书的收集、校勘、刊布、研究中来。更有罗振玉、刘半农、向达、王重民、姜亮夫、王庆菽、于道泉等，远涉重洋，到日本、到欧洲，去抄录和研究那些流失的遗书。

在保护和研究敦煌方面，贡献最大、最令人感动的是以常书鸿、段文杰、樊锦诗等为代表的敦煌守护者。他们放弃内地大城市优越的生活条件，奔赴偏僻荒凉的大西北，把一生都贡献给了敦煌保护事业。正是由于他们的艰苦付出和辛勤努力，敦煌才结束了无人看管的现状，走上了科学保护的路子。敦煌学研究也从无到有，从粗到精，彻底改变了"敦煌在中国、敦煌学研究在国外"的状况。

1943年3月，常书鸿一行六人，历尽艰难困苦，来到荒凉的莫高窟，开始了艰难的敦煌保护和研究工作。此前，从法国留学归来的他，被国民政府聘任为刚刚成立的国立敦煌艺术研究所所长。

常书鸿他们面对的是一座破旧凋敝、毫无保护的莫高窟。风沙侵蚀，人为毁损，使这座艺术宝库日渐衰败。常书鸿带领仅有的十余名员工，筚路蓝缕，白手起家，一切从头开始，从无开始，开始了敦煌石窟的清理、调查、保护、临摹等工作。从1943年3月踏上敦煌的土地，常书鸿在莫高窟默默工作和奋斗了五十年。他的生命的一大半都献给了敦煌，献给了莫高窟。他带领第一代敦煌人，为莫高窟的保护做出了巨大贡献。人们把他称为"敦煌守护神"。

继常书鸿之后，他的继任者段文杰、樊锦诗、王旭东，带领一代代敦煌人，在保护敦煌和研究敦煌的道路上继续摸索前行。如今，莫高窟保护已经从常规保护转变为科学保护。由原敦煌艺术研究所发展而成的敦煌研究院，已经成为国内外具有一定规模和影响的遗址博物馆、敦煌学研究实体、壁画与土遗址保护科研基地。我国的敦煌学研究，在国际上已经处于领先水平。由敦煌研究院第三任院长樊锦诗提出的"数字敦煌"的概念，已经应用于敦煌文物保护的实践中。他们将数字技术引入敦煌遗产保护，将洞窟、壁画、彩塑及与敦煌相关的一切文物加工成高智能数字图像。同时将分散在世界各地的敦煌文献、研究成果、相关资料，通过数字处理，汇集成电子档案，从而为敦煌保护和研究开辟了全新的道路。

不仅如此，敦煌人还做足了"敦煌文章"，用艺术的方法向世界生动展示敦煌文化。国内第一部以敦煌壁画为题材的动漫片《敦煌传奇》，首次以动漫形式展现了博大精深的敦煌文化，是继舞剧《丝路花雨》《大梦敦煌》之后的又一部艺术精品。已经推出的英语、韩语、日语和中文繁体等多种版本，在国内外引起很大反响。专家认为，它对于正在建设中的丝绸之路经济带和华夏文明传承创新区有着重要的文化意义。

敦煌是中国的敦煌，应该使敦煌学回到中国。这是三十多年前，一位老人的郑重嘱托。

现在，我们完全可以自豪地告慰这位老人：敦煌学已经回家了！

（原载《北京文学》2018年第4期）

06

诗人的妻子

◎王充闾

一

在妇女地位低下、"妻以夫贵"的旧时代，凭借着丈夫的权势与财富，作威作福，颐指气使，飞黄腾达的女子，数不在少。皇帝之妻、宰相之妻、状元之妻，自不必说，即使是六品黄堂、七品知县的妻子，也统统被称为命妇。唐代的命妇，一品之妻为国夫人，三品以上的为郡夫人，四品的为郡君，五品的为县君。清制，命妇中，一品二品称夫人，三品称淑人，四品称恭人，五品称宜人，六品称安人，七品以下称孺人。反正都是有封号、有待遇的。

但是，诗人的妻子不在其内，除非那些丈夫做了大官的，否则，不但享受不到那些优渥的礼遇，生活上还会跟着困穷窘迫。这就引出了幸与不幸的话题。套用过去那句"一为文人，便无足观"的老话，也可以说，一为诗人之妻，便只有挨累受苦的份儿了。这是不幸。但是，如果嫁给一个真情灼灼、爱意缠绵的诗人，生前，诗酒唱和、温文尔雅，自不必说；死后，他还会留下许多感人至深、千古传颂的悼亡诗词——这也是不幸中之大幸吧。

此刻，我首先想到了苏东坡的二位妻了。她们都姓王，死得都比较早，一个跟随着一个，相继抛开这位名闻四海的大胡子——苏长公。

先说苏公的第一任妻子王弗。虽然岁数很小，却知书达理，聪慧异常，对丈夫百般体贴，成为丈夫仕途上的得力助手。曾有"幕后听言"的故事流传于世。苏东坡这个人，旷达不羁，胸无芥蒂，待人接物宽厚、疏忽，用俗话说，有些大大咧咧。由于他与人为善，往往把每个人都当成好人；而王弗则胸有城府，心性细腻，看人往往明察无误。这样，她就常常把自己对一些人的看法告诉丈夫。出于真正的关心，每当丈夫与客人交谈的时候，她总要躲在屏风后面，屏息静听。一次，客人走出门外，她问丈夫："你花费那么多工夫跟他说话，实在没有必要。他所留心的只是你的态度、你的意向，为了迎合你、巴结你，以后好顺着你的意思去说话。"她提醒丈夫凡事要多加提防，不要过于直率、过于轻信；观察人，既要看到他的长处，也要看到他的短处。苏东坡接受了妻子的忠告，避免了许多麻烦。不幸的是，这样一个年轻貌美、精明贤惠的妻子，年方 27 岁，便撒手人寰，弃他而去了。

东坡居士原乃深于情者，遭逢这样打击，情怀抑郁，久久不能自释，十年后还曾填词，痛赋悼亡。这样，由于嫁给了一位大文豪，王弗便"人以诗传"，千载而下，只要人们吟咏一番《江城子》，便立刻想起她来——

十年生死两茫茫，不思量，自难忘，千里孤坟，无处话凄凉。纵使相逢应不识，尘满面，鬓如霜。　　夜来幽梦忽还乡，小轩窗，正梳妆，相顾无言，唯有泪千行。料得年年肠断处，明月夜，短松冈。

上阕抒写生死离别之情，面对知己，也透露了自己因失意而抑郁的情怀，"凄凉"二字，传递了个中消息；下阕记梦，以家常语描绘了久别重逢的情景，以及对妻子的深情忆念。

苏东坡的第二任妻子王闰之，是王弗的堂妹。她小苏长公10多岁。自幼，她就倾心佩服姐夫的文采风流，姐姐故去，锐身自任，相夫教子，承担起全部家务。她默默地支持苏轼度过了一生中崎岖坎坷、流离颠沛的20多年。其间，东坡遭遇了平生最惨烈的诗祸："乌台诗案"——以"谤讪新政"的罪名，被抓进乌台，关押达4个月之久。这是北宋时期一场典型的文字狱。

熟读过《后赤壁赋》的当会记得其中这样一段："客曰：'今者薄暮，举网得鱼，巨口细鳞，状似松江之鲈。顾安所得酒乎？'归而谋诸妇。妇曰：'我有斗酒，藏之久矣，以待不时之需。'于是，携酒与鱼，复游于赤壁之下。"那位说"我有斗酒"的妇人就是王闰之。由于被大文豪的丈夫写进了名篇，因而亦传之不朽。

王闰之死时，东坡居士已经58岁。他忍不住涕泪纵横，哭得肝肠寸断，痛不欲生，当即写下了这样一篇深情灼灼的祭文：

　　呜呼！昔通义君，没不待年。嗣为兄弟，莫如君贤。妇职既修，母仪甚敦。三子如一，爱出于天。

　　从我南行，菽水欣然。汤沐两郡，喜不见颜。我日归哉，行返丘园。曾不少顷，弃我而先。孰迎我门？孰馈我田？

　　已矣奈何！泪尽目干。旅殡国门，我实少恩。惟有同穴，尚蹈此言。呜呼哀哉！尚飨！

　　全文分三部分，开始说闰之是贤惠的妻子、仁德的母亲，视前妻之子，一如己出；接上说，丈夫屡遭险衅，仕途蹉跌，她能安时处顺，毫无怨言；最后做出承诺：生则同衾，死则同穴。

　　"通义君"指王弗，这是王弗殁后朝廷对她的追号。"没不待年"，是说王弗去世不到一年，他与闰之的婚事便定了下来，因为王弗留下的幼儿亟待人来抚育。"三子"，一是王弗留下的，加上闰之自己生育的两个。

　　苏东坡被贬黄州，闰之"从我南行"，生活十分拮据，困难时吃豆子、喝白水，妻子也欣然以对；待到丈夫接受两郡封邑，收取许多赋税（意为富裕），她也并没有怎么欢喜。即古人所说的"不戚戚于贫贱，不汲汲于富贵"。

"孰馈我田"，有学者研究，元丰二年七月发生乌台诗案，苏东坡下狱，闰之为了营救丈夫，不得不向父亲求救，父亲拿出很多财产让她去京城打点。

妻子死后百日，苏东坡请大画家李龙眠画了10张罗汉像，在和尚为王闰之诵经超度时，将此10张画像献给了妻子亡魂。待到东坡去世后，弟弟苏辙按照兄长的意愿，将他与闰之合葬在一起，兑现了当初的承诺。

苏东坡的第三任妻子，也姓王，名朝云，字子霞，年龄小于东坡近30岁。她从11岁即来到王弗身边，后来被东坡纳为小妾；流放到岭南惠州时，只有她一人随行，两人辛苦备尝，相濡以沫。在她34岁这年，东坡曾写诗《王氏生日致语口号》中有句云："天容水色聊同夜，发泽肤光自鉴人。万户春风为子寿，坐看沧海起扬尘。"可是不久，惠州瘴疫流行，朝云即染疾身亡。东坡悲痛异常，觉得失去一个知音。

明人曹臣所编《舌华录》记载这样一个故事：苏轼一日饭后散步，拍着肚皮，问左右侍婢："你们说说看，此中所装何物？"

一婢女应声道："都是文章。"苏轼不以为然。另一婢女答道："满腹智慧。"苏轼也未首肯。爱妾朝云回答说："学士一肚皮不合时宜。"苏轼捧腹大笑，认为"实获我心"。

朝云死后，苏东坡将她葬在惠州西湖孤山南麓大圣塔下的松林之中，并筑亭纪念。因朝云生前学佛，诵《金刚经》偈词"如梦、如幻、如泡、如影、如露、如电"而逝，故亭名"六如"。楹联为：

从南海来时，经卷药炉，百尺江楼飞柳絮；

自东坡去后，夜灯仙塔，一亭湖月冷梅花。

还有一副楹联：

不合时宜，唯有朝云能识我；

独弹古调，每逢暮雨倍思卿。

妙在以东坡口吻，状景描情，极饶韵致。

说到死后有丈夫赋诗悼亡，人们会自然地想到唐代元稹的妻子韦丛。她死了以后，有人统计，元稹至少为她写了16首诗，其中以写于妻子殁后两年的《遣悲怀》3首，为感人至深，影响最大：

谢公最小偏怜女，自嫁黔娄百事乖。

顾我无衣搜荩箧，泥他沽酒拔金钗。

野蔬充膳甘长藿，落叶添薪仰古槐。

今日俸钱过十万，与君营奠复营斋。

昔日戏言身后事，今朝都到眼前来。

衣裳已施行看尽，针线犹存未忍开。

尚想旧情怜婢仆，也曾因梦送钱财。

诚知此恨人人有，贫贱夫妻百事哀。

闲坐悲君亦自悲，百年都是几多时！

邓攸无子寻知命，潘岳悼亡犹费词。

同穴窅冥何所望？他生缘会更难期！

唯将终夜长开眼，报答平生未展眉。

诗从生活细事入手，句句都是写实。"最小偏怜"云云，说的是韦丛是太子太保韦夏卿之幼女，从小锦衣玉食，生长在优越的家庭环境中。20岁时嫁过来，那时，元稹还是一个穷书生，家境十分贫寒。"顾我无衣搜荩箧，泥他沽酒拔金钗。野蔬充膳甘长藿，落叶添薪仰古槐。"正是当时境况的写照，于今已成辛酸的记忆。婚后第七年，韦丛便因病离开人世。这7年，正是元稹勉力上进、奔走仕途之时，处境既不稳定，生计又很艰难，他们一直过着"贫贱夫妻百事哀"的苦日子。后来，元稹才开始发迹，可是，夫欲照拂而妻不稍待，说来悔恨无及。所以说，这是令人倍感惆怅的诗。陈寅恪先生说：《三遣悲怀》"所以特为佳作者，直以韦氏之不好虚荣，微之之尚未富贵，贫贱夫妻，关系纯洁，因能措意遣词，悉为真实之故。夫唯真实，遂造诣独绝欤"！

3首诗层次分明，开始叙写旧日生活苦况，追忆妻子生前的夫妻情爱，并抒写自己的抱憾之情。接着写妻子去世后诗人的悲思，写了在日常生活中引起哀思的几件事。为了避免睹物思人，将妻子穿过的衣裳施舍出去，将妻子做过的针线活原封不动地保存起来，不忍打开。最后，写由妻子之早逝得到的人生感悟，想到世事无常，人寿有限。从悲君中引出自悲，从绝望中转出希望，期望来生再做夫妻。但很快就悟解到，这不过是一种虚空的幻想。那么，究竟怎么办呢？最后落到"唯将终夜长开眼，报答平生未展眉"上，仍然是无可奈何。

元稹还写过《离思五首》七绝。其四是：

曾经沧海难为水，除却巫山不是云。

取决花丛懒回顾，半缘修道半缘君。

宣示了与韦丛爱情的唯一性，读来同样予人以特别的震撼。

二

"三王一韦"之外，历史上还有一个幸运的卢女，她是清代大词人纳兰性德的妻子。卢氏的父亲卢兴祖是两广总督兼都察院右副都御史，母亲也是知书达理的大家闺秀。而她更是生得清丽妩媚，宛如出水芙蓉，不仅姣好美艳，体性温柔，而且高才夙慧，解语知心；配上俊逸潇洒、玉树临风般的纳兰公子，二人真是天生一对。婚后，两人相濡以沫，整天陶醉得像是淹渍在甘甜的蜜罐里。随着相知日深，爱恋得也就越发炽烈。小小的爱巢为纳兰提供了摆脱人生泥淖、战胜孤寂情怀的凭借与依托。任凭外间世界风狂雨骤，朝廷里浊浪翻腾，于今总算有了一处避风的港湾，尽可以从容啸傲，脱屣世情，享受到平生少有的宁帖。

婚后，二人在绮罗香泽的温柔乡里，尽享鱼水之欢。这有纳兰的诗词为证：

水榭同携唤莫愁，一天凉雨晚来秋。

戏将莲蓊抛池里，种出花枝是并头。

十八年来坠世间，吹花嚼蕊弄冰弦，多情情寄阿谁边。

紫玉钗斜灯影背，红绵粉冷枕函偏，相看好处却无言。

——调寄《浣溪沙》

在任何情况下，意中人乐此不疲地相互欣赏，相互感知，都是一种美的享受。朝朝暮暮，痴怜痛爱着的一双可人，总是渴望日夜厮守，即便是暂别轻离，也定然是依依相恋，难舍难分。有爱便有牵挂，这种深深的依恋，最后必然化作温柔的呵护与怜惜，产生无止无休的惦念。

纳兰这样摹写将别的前夜：

画屏无睡，雨点惊风碎。贪话零星兰焰坠，闲了半床红被。

生来柳絮飘零，便教咒也无灵。待问归期还未，已看双睫盈盈。

夫妻双双不寐，絮语绵绵，空使灯花坠落，锦被闲置。他们也知道，这种离别皆因王事当头，身不由己，祷告无灵，赌咒也不行，生来就是柳絮般漂泊的命了。既然分别已无可改变，那就只好预问归期了，可是，她还没等开口，早已就秋波盈盈，清泪欲滴了。一副小儿女婉媚娇痴之态，跃然纸上。

暂别尚且如此，那么，终古长别呢？简直无法想象。

不可想象的事情，最后还是发生了。3年时间不到，刚刚21岁的卢氏就香消玉殒了。时在康熙十六年五月三十日。这晴天霹雳，震得纳兰公子蒙头转向，好长一阵子，他失去了反应，不会吃，不会喝，不会哭，不会说，白昼昏昏，夜不成寐，这冷酷的现实，无论如何，他也不能接受。

灵柩在入葬纳兰氏祖茔皂荚村之前，临时停放在京西阜成门外的一座禅院里，位置相当于今日的紫竹院公园。这里原是明代一个大太监的坟茔地，万历初年在上面建起了一座双林禅院。这期间，痴情的公子多次夜宿禅林，陪伴着夜台长眠的薄命佳人，度过那孤寂凄清的岁月。

忆生来，小胆怯空房。到而今，独伴梨花影，冷冥冥，尽意凄凉。

他知道爱妻生性胆小怯弱，连一个人独自在空房里都感到害怕，可如今却孤零零地躺在冰冷、幽暗的灵柩里，独伴着梨花清影，受尽了暗夜凄凉。

夜深了，淡月西斜，帘栊黝暗，窗外淅沥潇飒地乱飘着落叶，满耳尽是秋声。公子枯坐在禅房里，一幕幕地重温着当日伉俪情深、满怀爱意的场景，眼前闪现出妻子的轻颦浅笑，星眼檀痕。他眼里噙着泪花，胸中鼓荡着椎心刺骨的惨痛，就着孤檠残焰，书写下一阕阕情真意挚、凄怆恨婉的哀词，寄托其绵绵无尽的刻骨相思。

心灰尽，有发未全僧。风雨消磨生死别，似曾相识只孤檠。情在不能醒。

生死长别，幽冥异路，思恋之情虽然饱经风雨消磨，却一时一刻也不能去怀。他已经完全陷入无边的痛苦之中而不能自拔，迷离惝恍，万念俱灰。除了头上还留有千茎万茎的烦恼丝，已经同斩断世上万种情缘的僧侣们没有什么两样了。

一阕《浪淘沙》更是走不出感情的缠绕：

闷自剔银灯，夜雨空庭。潇潇已是不堪听，那更西风不解意，又做秋声。

城柝已三更，冷湿银屏。柔情深后不能醒，若是情多醒不得，索性多情！

情多、多情，醒不得、不能醒……回旋宛转，悱恻缠绵。沉酣痴迷，已经到了无以自解的程度。深悲剧痛中，一颗破碎的心在流血，在发酵，在煎熬。

在旧时代，即使是所谓的"康熙盛世"，青年男女也没有恋爱自由，只能像玩偶似的听凭父母之命、媒妁之言的随意摆布。至于皇亲贵胄的联姻往往还要掺杂上政治因素，情况就更为复杂了。身处这样的苦境，纳兰公子居然能够获得一位如意佳人，实现美满的婚姻，不能不说是一桩幸事。不过，"造化欺人"，到头来他还是被命运老人捉弄了——称心如意的偏叫你胜景不长，彩云易散。一对倾心相与的爱侣，不到三年时光，就生生地长别了，这对纳兰公子无疑是一场致命的打击。

脉脉情浓，心心相印，已经使他沉醉在半是现实半是幻境的浪漫主义爱河之中，想望的是百年好合，白头偕老。而今，一朝魂断，永世缘绝——这个无情的现实，作为未亡人，他是无论如何也接受不了的。因而，不时地产生幻觉，似乎爱妻并没有长眠泉下，只是暂时分手，远滞他乡，"影弱难持，缘深暂隔，只当离愁滞海涯"。他想象着会有那么一天，"归来也，趁星前月底，魂在梨花"。当这一饱含着苦涩味的空想成为泡影之后，他又从现实的想望转入梦境的期待，像从前的唐明皇那样，渴望着能够和意中人梦里重逢。虽然还不是"悠悠生死别经年，魂魄不曾来入梦"，但却总嫌梦境过于短暂，惊鸿一瞥，瞬息即逝，终不惬意。

一次，他梦见妻子淡妆素服，与他执手哽咽，临行时吟出两句诗："衔恨愿为天上月，年年犹得向郎圆。"醒转来，他悲痛不已，题写了一首《沁园春》词：

瞬息浮生，薄命如斯，低徊怎忘。记绣榻闲时，并吹红雨；雕阑曲处，同倚斜阳。梦好难留，诗残莫续，赢得更深哭一场。遗容在，只灵飙一转，未许端详。　　重寻碧落茫茫。料短发、朝来定有霜。便人间天上，尘缘未断；春花秋叶，触绪还伤。欲结绸缪，翻惊摇落，两处鸳鸯各自凉。真无奈，把声声檐雨，谱出回肠。

这样一来，反倒平添了更深的怅惘。有时想念得实在难熬，他便找出妻子的画像，翻来覆去地凝神细看，看着看着，还拿出笔来在上面描画一番，结果是带米更多的失望：

凭仗丹青重省识，盈盈，一片伤心画不成。

他几乎无时无日不在悲悼之中，特别是会逢良辰美景，更是触景神伤，凄苦难耐。

辛苦最怜天上月，一昔（同夕）如环，昔昔都成玦。若似月轮终皎洁，不辞冰雪为卿热。

面对银盘似的月轮，他凄然遐想：这月亮也够可怜的，辛辛苦苦地等待着，盼望着，可是，刚刚团圆一个晚上，而后便夜夜都像半环的玉玦那样亏缺下去。哎，圆也好，缺也好，只要你——独处天庭的爱妻，能像皎洁的月亮那样，天天都在头上照临，那我便不管月殿琼霄如何冰清雪冷，都要为你送去爱心，送去温暖。

目注中天皎皎的冰轮，他还陡发奇想：妻子既然"衔恨愿为天上月"，那么，我若也能腾身于碧落九天之上，不就可以重逢了吗？可是，稍一定神，这种不现实的想望便悄然消解了——这岂是今生可得的？

海天谁放冰轮满，惆怅离情。莫说离情，但值凉宵总泪零。

只应碧落重相见，那（哪）是今生。可奈今生，刚作愁时又忆卿。

人处在幸福的时光，一般是不去幻想的，只有愿望未能达成，才会把心中的期待化为想象。纳兰公子就正是这样。当他看到春日梨花开了又谢的情景，便立刻从零落的花魂想到冥冥之中"犹有未招魂"，想到爱侣，期待着能够像古代传说中的"真真"那样，昼夜不停地连续呼唤她一百天，最后便能活转过来，梦想成真。于是，他也就：

为伊判作梦中人，长向画图清夜唤真真。

妻子的忌日到了，他设想，如果黄泉之下也有阳世间那样的传邮就好了，那就可以互通音讯，传寄信息，得知她在那里生活得怎么样，与谁相依相伴，有几多欢乐、几多愁苦：

重泉若有双鱼寄，好知他年来苦乐，与谁相倚？

情到深处，词人竟完全忽略了死生疆界，迷失了现实中的自我。意乱情迷，令人唏嘘感叹。一当他清醒过来，晓得这一切都是无效的徒劳，便悲从中来，辗转反侧，彻夜不能成眠。但无论如何，他也死不了这条心，便又痴情想望：今生是相聚无缘了，那就寄希望于下一辈子，"待结个他生知己"。可是，"还怕两人俱薄命，再缘悭、剩月零风里"——像今生那样，岂不照例是命薄缘浅，生离死别！

他就是这样，知其不可而为之，非要从死神手中夺回苦命的妻子不可。期望——失望——再期望——再失望，一番番的虔诚渴想，痛苦挣扎，全都归于破灭，统统成了梦幻。最后，他只能像一只遍体鳞伤的困兽，卧在林阴深处，不停地舐咂着灼痛的伤口，反复咀嚼那枚酸涩的人生苦果。

他正是通过这种层层递进的痴情泛溢，这种超越时空的内心独白，这种了无遮拦的生命宣泄，把一副哀痛追怀、永难平复的破碎的情肠，将一颗永远失落的无法安顿的灵魂，一股脑儿地、活泼泼地摊开在纸上。真是刻骨镂心，血泪交迸，令人不忍卒读。

三

不堪设想，对于皈依人间至纯至美真情的诗人——元稹、苏轼、纳兰来说，失去了爱的滋润，他们还怎能存活下去？爱，毕竟是他们情感的支柱，或者说，他们的一生就是情感的化身。他们都是为情所累，情多而不能自胜的人。他们把整个自我沉浸在情感的海洋里，呼吸着，咀嚼着这里的一切，酿造出自己的心性、情怀、品格和那些醇醪甘露般的千古绝唱。他们为情而劳生，为情而赴死，为了这份珍贵的情感，几乎付出了全部的心血与泪水，直到最后不堪情感的重负，在里面埋葬了自己。

这种专一持久、生死不渝、无可代偿的深爱，超越了两性间的欲海翻澜，超越了色授魂与，颠倒衣裳，超越了任何世俗的功利需求。这是一种精神契合的欢愉，永生难忘的动人回忆、美好体验和热情期待，一朝失去了则是刻骨铭心的伤恸。

情为根性，无论是鹣鲽相亲的满足，还是追寻于天地间而不得的失落，反正诗人们哭在、痛在、醉在他们的爱情里，这是他们心灵的起点也是终点，在这里，他们自足地品味着人生的千般滋味。

生而为人，总都拥有各自的活动天地，隐藏着种种心灵的秘密，存在着种种焦虑、困惑与需求，有着心灵沟通的强烈渴望。可是，实际上，世间又有几人能够真正走入自己的梦怀？能够和自己声应气求，同鸣共振？哪里会有"两个躯体孕育着一个灵魂"？"万两黄金容易得，知音一个也难求！"即使有幸偶然邂逅，欣欣然欲以知己相许，却又往往因为横着诸多障壁，而交臂失之。

当然，最理想的莫过于异性知己结为眷属，相知相悦，相亲相爱，相依相傍。但幸福如纳兰，如苏轼，如元稹，不也仅仅是一个短暂而苍凉的"手势"吗？

当然，也多亏是这样，才促成这三位诗人以其绝高的天分、超常的悟性，把那宗教式的深爱带向诗性的天国，用凄怆动人的丽句倾诉这份旷世痴情。有人说，一个情痴一台戏。作为情痴的极致，诗人们在其有限生涯中，演足了这出戏，也写透了这份情。"情在不能醒"，多少为情所困的痴男怨女，千百年来，沉酣迷醉在他的诗句之中。

艺术原本是苦闷的象征。《老残游记》作者刘鹗有言：

灵性生感情，感情生哭泣。

《离骚》为屈大夫之哭泣，《庄子》为蒙叟之哭泣，《史记》为太史公之哭泣，《草堂诗集》为杜工部之哭泣。

王实甫寄哭泣于《西厢》，曹雪芹寄哭泣于《红楼梦》。

那么，元稹、苏轼、纳兰呢？自然是寄哭泣于他们的诗词了。

作为出色的诗人，他们都怀有一颗易感的心灵，反应敏锐，感受力极强，因而他们所遭遇与承受的苦闷，便绝非常人所可比拟。为了给填胸塞臆的生命苦闷找出一条倾泻、补偿的情感通道，他们选定了诗词的形式，像"神瑛侍者"那样，誓以泪的灵汁浇灌诗性的仙草。

在经历过深重难熬的精神痛苦之后，诗人们不是忘却，也没有逃避，而是自觉强化内心的折磨，悟出人生永恒的悖论，获取了精神救赎的生命存在方式。在这里，他们把爱的升华同艺术创造的冲动完美地结合起来，以诗意般的情感化身展现出生命的审美境界，把个体的生命内涵表现得淋漓尽致，从而结晶出一部以生命书写的悲剧形态的心灵史，它真纯、自然、深婉、凄美，突破了时空限制，具有永恒的价值。

诗人都是"性情中人"，有一颗赤子之心。他们听命于自己内心的召唤，时刻坦露着真实的自我，在污浊不堪的"人间何世"中，展现出一种新的人格风范。他们以落拓不羁的鲜明的个性之美和超尘脱俗的人格魅力，以其至真至纯的清淳内质，感染着、倾倒着后世的人们。尤其像纳兰这样的短命诗人，他像夜空中一颗倏然划过的流星，昙花一现，但他的夺目光华却使无数人为之心灵震撼。他那中天皓月般的皎皎清辉，荡涤着、净化着也牵累着、萦系着一代代痴情儿女的心魂，人们为他而歌，为他而泣，为他的存在而感到骄傲。

在今天，元稹也好，苏轼也好，纳兰也好，实际上他们已经成为解读诗性人生的一种文化符号，有谁不为这种原始般的生命虔诚而永远、永远地记怀着他们？

那天，应邀在市图书馆举行《纳兰性德及其饮水词》讲座，我刚刚走下讲台，就见听众席上走出一个女孩子，递过来一折纸页。打开一看，原来是一首即兴诗：

从他身上／看到自身存在的根源／据说／他／就在我的前边／距离不近／可也不能算远／往事虽在时间之外／空间代价却是时间／只要一朝／获得超光的时速／那就坐上飞船／追寻历史／赶上三百年前／参加过渌水亭诗会／再在太空站上／共进晚餐——我和纳兰

07

靖康耻与宋高宗的心思

◎宗仁发

　　站在阿城大金王朝上京会宁府宫殿的遗址上，我四顾茫然。除了能看到两排寂寞的白杨树，周围只是齐腰深的一片荒草。难道八百多年前就是这里的"蛮夷"把我大宋欺负得一塌糊涂吗？早年在岳飞的《满江红》中知道了有"靖康耻"这个说法，但究竟是怎么个"耻"，并不甚了了，以为不过至多是大宋被北方的少数民族女真人打败，徽、钦二帝被掳到北方而已。2014 年 6 月下旬去阿城采风，借机补上了这一堂历史课，说起来这一课补得还真不是滋味。

按说我的父系姓宗，依百家姓的说法，应是中原的汉人。而我的母系姓佟，按满族人的说法，应是女真人的后裔。恰好宋朝有个抗金大将就是姓宗，名泽，也可以说，这宋、金的战争就是咱家父母两边先人的龃龉。要是这么说这也算是民族融合过程中的"家丑"吧。

靖康是宋的年号，徽宗逊位把皇位让给钦宗赵桓，钦宗将年号改为靖康。实际上靖康之耻，肇始于宋金的"海上之盟"。当时，女真人开始反辽，宋徽宗听信辽国降将马植（降宋后徽宗赐姓赵，即赵良嗣也）所献与金联手之策，在1118年遣马政、呼延庆、高药师等以买马为名，从山东过海到金，传递徽宗欲与金"复通前好""共伐大辽"之意，此间宋金使者在海上几次往返洽谈，第一次形成文件时，宋用的是诏书，金太祖认为这是对金的轻侮，要求宋改用平等的国书。1120年盟约签订，宋金联手夹攻辽，金取中京，宋取燕京一带。宋同时要按原来给辽的数目岁币等转给金。并还明确如宋不能如约夹攻契丹，则已许诺的条款即属无效。结果是宋兵两次攻燕受挫，不得不派人请金兵攻燕，最后金兵攻克燕京。这样宋已违约，只好以巨额的"燕京代税钱"

赎回六座空城。此前宋的算盘是借金伐辽，以夷制夷，可现在与辽反成了唇亡齿寒的局面。1126年，也就是靖康元年，金兵渡过黄河，围困汴京，宋军在李纲的率领下保卫汴京。在还看不出宋军必败的情况下，钦宗就派人向金请罪、请求议和。金提出的苛刻条件是：宋须交犒师的钱和物是金五百万两，银五千万两，绢彩各一百万匹，还有马驼驴骡若干；称金朝皇帝为伯父；割太原、中山、河间三镇之地给金，以亲王、宰相为人质，等等，宋一一应允。将康王赵构、少宰张邦昌为人质，上誓书、地图给金：称侄大宋皇帝，伯大金皇帝（等到了1165年南宋与金隆兴和议时，给钱、割地不说，连大宋的"大"也不敢再写上了，自称为侄宋皇帝再拜奉书叔大金皇帝，只保留放在金前面的"大"字了）。料提出这些条件的金朝首领宗望也不会想到宋会这么乖乖地同意，但既然答应了，那就退兵吧。到了年底，金还是找到借口攻陷了汴京。1127年，金将徽、钦二帝废为庶人，并将他们和皇后、太子、宗戚及官吏、内侍、工匠、倡优等三千余人掳而北去，结束了北宋。徽、钦二帝被押到阿城后，金人拿他们耍戏取乐，让他们披上羊皮在金太祖庙前行"牵羊礼"，然后在乾元殿跪在金太宗脚下，接受降封，一个被封为昏德公，一个被封为重昏侯，倒也是名副其实。

堂堂大宋皇帝，在此时此刻，就是任人宰割的羔羊，毫无反抗意识，一丁点的尊严都丧失殆尽。这二位都不如一个女人，宋钦宗的妻子朱后，不堪忍受如此羞辱，当晚回到住处就自缢了，不料让人发现后救了下来，但她还是去意已决，又乘人不备投水自尽，也算是刚烈。

再说说继徽、钦二帝之后主政的宋高宗，在金与宋战场形势发生有利于宋的情况下，不但不一雪前耻，反倒主动与处于不利地位的大金去议和，肚里揣的小心眼是如果大获全胜的话，势必要迎回钦宗，此时徽宗已死，钦宗一回，皇位恐怕就得归钦宗。这对宋高宗来说是比其他事情都更麻烦的事情。当然，高宗的担心也不是自己多虑，此前曾发生过一场政变，就是质疑他的皇位问题，史称"明受之乱"，虽未成功，但还是吓得高宗心惊肉跳。可叹的是像岳飞这类不懂政治的人对皇帝的心思是把握不准的，他在1130年打败金兀术后写下的《五岳祠盟记》中还提什么"迎二圣归京阙"的事呢。只有秦桧之流懂得皇帝要什么，不要什么。秦桧在为高宗救急的同时，也将高宗变成了"药笼中物"，高宗在他面前抬不起头来，他等于是在独揽朝政。南宋还有一个叫胡铨的人，曾在1138年反对议和给高宗上过一个密折《上高宗封事》，此文言辞激烈，是抱着死谏之决心的。文中说："夫天下者，祖宗之天下也；陛下所居之位，祖宗之位也。奈何以祖宗之天下，为犬戎之天下，以祖宗之位为犬戎藩臣之位？"不光是质疑宋高宗的议和，还直接批评皇上说："而陛下尚不觉悟，竭民膏血而不恤，忘国大仇而不报，含垢忍耻，举天下而臣之甘心焉。"假如议和成了，那后世将会把皇上看作是一个怎样的皇帝啊。胡铨在这个折子中说，自己和皇帝重用的主张议和的秦桧、王伦、孙近三人不共戴天，"愿斩三人头，竿之槁街"。胡铨的这封密信，据说被女真人花千金觅去，读过后大惊失色，大呼"南朝有人"！宋高宗看过这个折子后，意见再对也是不会采纳的，但秦桧也没敢主张杀胡铨，不过是把他贬官、流放处之。后来秦桧死后，胡铨还得到了平反，又在朝廷做了高官。相比之下，岳飞的遭遇就没这么幸运了。尽管岳飞在战场上屡建奇功，但他还是没法明白皇帝的心思。一会儿让他打，一会儿又一天发十二道金牌让他撤。他对战场的形势分析得明白，但却不知宋高宗的分寸在哪。高宗想的是战场上打得够和谈就行了，不需要大获全胜。于是，就有了1141年的绍兴和议，这个和议别的不说，最重要的一个条款是不提要金送还钦宗了，要求还回徽宗与太后、皇后的梓宫及高宗的生母韦氏。等到1142年，因按和议宋仍向金称臣纳贡，金派人来册封宋高宗为大宋皇帝。这出保皇位的戏算是告一段落。后来宋高宗甚至为达议和之目的，答应金兀术给秦桧的信中提出的杀岳飞，议和方成的条件，以莫须有的罪名，把岳飞害死。实际上，早期岳飞总提要迎回徽、钦二帝，后来多少明白点高宗的想法了，说法也改为"迎还太上皇帝、宁德皇后梓宫，奉邀天眷以归故国，使宗庙再安，百姓同欢，陛下高枕无北顾之忧"了。这个说法已把钦宗模糊在"天眷"一堆里面了。其实迎回徽、钦二帝也不是岳飞自己提出的，本是高宗即位之初在诏书中提出的政治口号，岳飞的问题不过是明白高宗的曲折之心慢了节拍罢了。宋孝宗在绍兴三十二年（1162）即位后，当年七月就追复岳飞原官。诏云："故岳飞起自行伍，不逾数年，位至将相，而能事上以忠，御众有法。履立功效，不自矜夸，余烈遗风，至今不泯。去冬成鄂渚之众，师行不扰，动有纪律，道路之人，归功于飞。飞虽坐事以殁，而太上皇念念不忘，今可仰承圣意，与追复元官，以礼改葬，访求其后，特与录用。"（《金陀续编十三》）金毓黻先生看了这个诏书后，在《静晤室日记》中说:"其云'太上皇帝念念不忘'一语,最为曲折。高宗本无杀飞之心,以奸桧迫以必杀飞而后可和,不得已而曲从,然未尝不内疚于神明也。当其晚岁,必向孝宗尝称岳飞之功,且以其死为可悯,故孝宗诏中乃有是言,且孝宗之于高宗,有先意承志之美,设使追复飞官为高宗所不愿,则孝宗亦必置而不为,所谓观人于微,殆指此类之事乎。"金先生的分析有一定的道理,算是一种细说。皇上杀岳飞可能还有一个原因作祟,那就是从北宋建立之日起,就汲取唐藩镇割据的教训过了头,总是对武将不放心,且不信任的程度都严重到宁信敌人的话,也忌惮武将的忠。

该说说那个可怜兮兮的人——宋钦宗了,宋金议和后,1142年宋派王伦为迎奉梓宫、奉还两宫、交割地界使前往大金。金给送回的是宋徽宗和郑太后、邢皇后的梓宫及高宗的亲生母亲韦贤妃。唯独把宋钦宗丢在大金而不顾。韦贤妃临要回朝的时候,宋钦宗卧在车前泪流满面,哀求宋高宗的母亲说:"归语九哥(即其九弟高宗)与丞相(指秦桧),我得为太乙宫使(宋宫观使,官名,无实职)足矣,他不敢望也!"此时,宋钦宗已明白高宗担忧自己归来对皇位威胁的心思,抓住这最后的一个机会,让韦贤妃带话给高宗,表示自己没有再复位之想法,只是想回家,并把自己当闲官的名分都想好了，以求高宗放心。当时韦贤妃也同情应允，待回到朝廷后，才知道高宗根本不打算让钦宗回来，也就按下不表了。钦宗在苦盼苦等多年后于 1161 年五十一岁时绝望含恨而死。

　　往事越千年，一道历史的伤疤并没有愈合，但了解这些就会明白为什么靖康耻雪不了啦！

（原载《随笔》2015 年第 5 期）

08

从剃头匠升官谈起

◎熊召政

朱元璋虽是农民出身，但当了皇帝后，身边服侍的人也多了起来。裁缝庖厨、医卜车夫，一应杂役应有尽有。有一位姓杜的剃头师傅，专门负责给朱元璋打理容颜，职称就叫"整容匠"。这一天，杜师傅为朱元璋修指甲。事毕之后，他把剪下的碎指甲小心翼翼用纸包好，揣进怀中。朱元璋看在眼里，问杜师傅意欲何为。杜说："指甲出自皇上圣体，岂敢狼藉？卑职将携回家去，谨慎地珍藏起来。"朱元璋斥道："你胆敢诈我，你为朕修了十几年的指甲，难道都珍藏起来了吗？"杜答："回皇上，卑职全都藏起来了。"朱元璋命锦衣卫看住杜师傅，再派人到杜家去取指甲。少顷，使者从杜家捧了一个红木匣子回来，只见里面全是碎指甲。使者说："这个指甲匣子供在佛龛上，匣前摆着香烛敬奉。"朱元璋顿时大喜，命锦衣卫把杜师傅带上来，拍着他的肩膀说："你这个人诚实知礼，朕很喜欢。"当下，就赏了杜师傅一个太常寺卿的官职。这个太常寺卿，相当于今天的中央机关事务局的局长。剃头匠陡升为正部级高官，仅因为收藏了指甲，不要说用今人的观点，就是放在明代当世来看，也是一种令世人瞠目的"异典"。

　　我在很多篇文章里，都揭示了朱元璋性格的多面性。他既是政治平民化的代表，同时又是政治粗鄙化的代表。我历来认为平民并不等于粗鄙，政治也不等于暴力。政治是一门艺术，历代圣贤对此都有很好的揭示，老子说"治大国若烹小鲜"，似可视作政治艺术的完美表现。既然是艺术，从道理上讲就应该是高尚的，而与粗鄙无缘；是宽容的，从而拒绝暴虐。但这两点，朱元璋都做不到。

朱元璋的老婆马皇后，属糟糠之妻。朱元璋尽管娶了几十个老婆，但没有一个人可以充当"第三者"，离间他们夫妻间的恩爱。这并不是说朱元璋如何高尚，而是因为他是皇帝，有条件把"性"和"情"分开。一夫一妻制是社会的进步，小两口也好，老两口也好，性与情必须统一。否则，不是女的"红杏出墙"，就是男的寻找"第三者"。朱元璋可以完全不必研究爱情这门艺术。因为女人对于他来说，任何时候都不会是短缺物资。他不必偷偷摸摸和别的男人一同去分享某个女人。看中了谁，下一道旨就解决问题。因为有了这个特权，他反而有情有义。他可以"乱性"，但决不会"乱情"，与马皇后两个，始终相敬如宾。

马皇后脚大，有"大脚皇后"的戏称。有一天，朱元璋指着马皇后的脚谑道："看你这婆娘的 双天足，天底下没有第二双。"马皇后笑道："如果有第二双，就轮不到我当皇后了。大脚有什么不好，偌大乾坤，只有这双脚才镇得住。"朱元璋哈哈一笑，暗自得意与马皇后是龙凤配。

此后不久是元宵节，朱元璋微服出行。到了南京城的聚宝门外，见街上一户人家门口悬挂一只彩灯，上面绘了一个大脚妇人，怀抱一只西瓜而坐。朱元璋站在灯下，当时脸色就变了。据他猜度，"怀"谐音"淮"，西瓜取一个"西"字，合起来就是"淮西"，朱元璋的老家凤阳一带，统称淮西，即淮河的西边，又称淮右。他自己说"朕本淮右布衣，起于陇亩"。他自己这么谦虚是可以的，但绝不允许别人说他是泥腿子出身。他觉得这盏灯笼上的画是讥刺马皇后乃"淮西的大脚妇"，不觉勃然大怒。立即命令锦衣卫将这一家九族三百余人不分男女老幼统统杀掉，如此仍不解气，还将这条街上的所有居民，全部发配到蛮荒之地充军。

因为珍藏他的指甲，一个普普通通的剃头匠成了列籍朝班的大臣；又因为一幅灯画，几百颗人头落地。朱元璋就是这样，让他的政治一会儿成为一幕荒诞喜剧，一会儿又变成一场令人战栗的恐怖电影。

二

君王的喜怒无常，表面上看是性格问题，究其实，还是社会的制度问题。今天人们常常讲，绝对的权力是腐败的根，绝对的权力又何尝不是产生暴君的温床呢？朱元璋之所以喜怒无常，就是因为他能够治理天下，天下却不能够治理他。所以，碰到他决策正确的时候，天下就无事，他一旦把事情想拧了、抽风了，旦夕之间，不知什么人就会遭殃。

历史中曾有这么一段记述：

某日，朱元璋从言官的奏本得知，京城各大衙门政纪松懈，官员人浮于事。当天晚上，他便亲自上街寻查。走过吏部、户部、礼部等衙门，但见都有吏员值守。到了兵部门口，却是空荡荡无人值守。朱元璋让随行兵士摘下大门旁边挂着的兵部衙门的招牌，扛起走了。走不多远，一位吏员急匆匆跑过来交涉，要夺回这块招牌。锦衣卫对其呵斥，仍将招牌扛回到皇宫。

第二天，朱元璋召来兵部尚书，斥问昨夜谁在衙门当值。尚书回答说是"职方司郎中及其所属吏卒"。朱元璋又问前来抢招牌的那个小吏是哪儿的，尚书回答"该史亦属于职方司"。朱元璋当即下旨诛杀那个擅自离职不值夜班的职方司郎中。空下的职位，由那个抢招牌的小吏接任。对兵部的处罚是从此不准挂招牌。因此，从这年开始直到永乐皇帝迁都，四十多年来，南京的兵部再没有署榜的招牌。朱元璋一心要给"国防部"一个耻辱，却不管这衙门的尴尬同样关乎朝廷的尊严。

治乱需用重典，这是中国古代政治的一个特点，但重的分寸很难把握。就像那位官居四品的职方司郎中，仅仅晚上没有在单位值班就被砍了脑袋，无论怎么说，这惩处也重得离谱。

如果说，处理兵部衙门的事属于公务，惩罚再重也还讲得了一点理由。朱元璋对另外一些事情的处理，却真是让人啼笑皆非了。

中山王徐达，与朱元璋既是凤阳老乡，又是一起打天下的哥儿们。立国后分封，他列为武将第一，其地位很像朱德，是十大元帅之首。徐达作战有勇气，带兵有权威，布阵有谋略，但为人十分谨慎。对朱元璋这位主子，他从来都是毕恭毕敬，并不因为两人是儿时的朋友而稍微马虎。尽管这样，朱元璋仍不免时时敲打他，提醒他君臣之义。有一天，徐达自西北与鞑靼征战得胜归来，朱元璋率文武百官为他庆功。酒过三巡，朱元璋突然对徐达说："你今天回去，就把老婆休了。"徐达听了心里一咯噔，这老婆是他的糟糠之妻，跟着一块"闹革命"，吃了多少苦头啊。老婆脾气有点偏，但夫妻相处多年，早过了磨合期，彼此相安无事，且还恩爱。徐达忖道："不知咱老婆什么事做得不对得罪圣上，让他讨厌？"心里头打小鼓，嘴里却不敢说，只强笑着言道："一切全凭皇上做主。"

朱元璋对徐达的表现大为宽心，仍大包大揽地说："你那老婆不配当中山王夫人，朕已替你物色了一个，今夜，你们就一起过。"徐达一听，惊出一身冷汗。心想："原来他都替我找好了女人，我方才若是为糟糠之妻辩解几句，岂不惹他发怒。"他太了解朱元璋了。这个人好的时候跟你称兄道弟，一块划拳猜令闹酒，但他的表情是狗脸上摘毛，说变就变了。徐达哪里知道，在他置身西北打仗期间，朱元璋曾蹓跶着去他府上，他老婆见当今皇上，没有表示出足够的尊敬，还把天子当作兄弟。这态度引起朱元璋的不满，于是便想着将这个女人从徐达身边赶开。于此可见，在这样一个皇上面前，只有事无巨细奉之惟谨，才有可能免招杀身之祸。

朱元璋替徐达做主休了老婆，在一般人来看这叫小题大做，或者说是狗拿耗子多管闲事。其实不然，在朱元璋的潜意识里，天下的事，不管是大事小事、公事私事，只要他愿意管，就一定能管。只要他动手管，就一定管得住。

在朱元璋看来，徐达老婆在他面前这种不恭敬的态度，时间一长，难免会影响徐达。尽管你徐达军功第一，是咱们一起揭竿的弟兄，但当年是当年，现在是现在。咱现在是皇帝，你只是个臣子，再跟咱表示亲热就等于模糊了君臣的界限，这是绝对不允许的。窃以为，朱元璋替徐达休妻绝不是抽风，而是借此提醒诸大臣：要尊重他皇上的威权。

三

朱元璋的精明，往往以非常粗鄙的方式表现，这形成了他的执政风格。在中国历史中，这一类的皇帝不在少数，如果讲政治文明，他们是最不文明的统治者了。在他们的政治视野中，混乱的世界，唯有使用暴力才能变得井然有序。对权力的依恋，使他们草木皆兵，把所有人都视为潜在的威胁。如此一来，无论是从统治者还是被统治者两方面来讲，其心理都会因为长久的紧张、压抑而导致畸形。老子讲的"无为而治"，可视为政治的瑜伽。它让统治者放松，在祥和的诗意中恢复和谐宽容的政治原生态。

朱元璋最大的悲剧在于，他始终不能放松，他总是用残忍的方式来表现自己的滑稽。像大战风车的堂吉诃德一样，他试图将所有的假想敌置于死地。

朱元璋永远摆出一副饿虎扑食的姿态。他可以纵身一跃，抓住一只狼或一只奔跑的山羊。但是，对于一只机敏的老鼠来说，老虎的威猛便不起任何作用了。

观诸史载，所有与朱元璋硬抗的官员，都没有得到好下场，但那些"老鼠"式的人物，却常常捉弄他这只"老虎"。

有一次，朱元璋进膳时，发现菜里有一根头发。便找来负责庖厨的光禄寺丞，严厉斥问："你为何让朕吃头发，居心何在？"光禄寺丞双膝一跪，装出战战兢兢的样子，颤声回答："启禀皇上，那不是头发。"朱元璋问："不是头发是什么？"光禄寺丞答："是龙须。"朱元璋一听，下意识捋了捋自己下巴上的胡子，笑了笑，给了光禄寺丞几个赏钱，让他走了。

还有一则故事：

洪武中期，朱元璋的一个女婿欧阳都尉召了四个年轻貌美的妓女饮酒作乐。不知谁把这消息告诉了朱元璋。他龙颜大怒，立即下令逮捕那四个妓女。这几个妓女知道死劫难逃，都哭哭啼啼，大毁其貌。一位老吏凑上来出主意说："你们四个人如果给我一千两银子，我保证你们活命。"妓女问："我们愿意出钱，你说如何才能活命？"老吏于是献上一计。妓女们觉得这计策有些悬，但一时又无别的解救之方，只好试试。于是她们重新梳妆打扮，一个个争奇斗艳。锦衣卫将她们押到法司。朱元璋亲自审讯。四位妓女一起跪下，哀求饶命。朱元璋不想啰嗦，说一句："绑了，拖出去斩了。"四妓女站起身来，慢慢脱衣服，她们都刚沐浴过，不但脸上、身上，遍体肌肤都用了最好的香薰。外衣一脱，顿时异香扑鼻。朱元璋不觉耸了耸鼻头，这才拿眼去看四个妓女。只见她们首饰衣着备极华丽，卸去外装后更是肌肤如玉，酥胸如梨。其香、其色、其貌，都让人神魂颠倒。朱元璋愣怔了好一会儿，才叹道："这四个小妮子可可动人，不用说朕的驸马看了动心。朕此时见了，也被她们惑住，好妮子杀了可惜，放了吧。"

老吏出的主意，就是让妓女们"以色惑主"，这一招儿奏效。朱元璋并不宽恕嫖妓的驸马爷欧阳都尉。几年后，他还是借私自与番邦进行茶马交易的由头杀掉了欧阳都尉，但他却赦免了那四个妓女。那位老吏是"资深公务员"，在衙门里见的事多，对朱元璋的心性脾气摸着一清二楚，所以对症下药逢凶化吉。

捉弄皇帝是为大不敬。但碰到嗜杀成性的皇帝，你不捉弄他，他就会让你的脑袋搬家。一边是忠忱，一边是性命，两相比较，忠忱当然没有性命重要。

在其他的文章中，我不止一次讲过，朱元璋还算是一个励精图治的皇帝。而且政绩显著，但其过失与暴戾也非常明显。在他当皇帝的三十多年中，被他诛杀的大臣很多，由他亲手制造的冤案更是不少。大凡第一代开国的帝王，多年的征战培植的杀伐之心一时很难收敛，用之于治理天下，便免不了草菅人命。

洪武初年，朱元璋路过南京城外的一座废寺，走进去看看，发觉墙壁上有一幅画，黑痕尚新，显然是刚画上去的，画面是一个布袋和尚，旁边题了一偈：

大千世界浩茫茫，收拾都将一袋装。

毕竟有收还有散，放宽些子又何妨。

毋庸讳言，这首偈是讥刺朱元璋行政苛严，要他放宽一些，争取做到"无为而治"。但朱元璋怎么可能有兴趣去练这种政治瑜伽呢？他觉得写偈的人是"恶毒攻击"，命人四下寻找，但四周空无一人。一气之下，朱元璋只好下令一把火烧了那座废寺。

（原载《美文》2007 年第 1 期）

09

边地所城

◎熊育群

一

千户是明朝的官衔，属于军队中一个领导一千人马的低级军官。六百多年前，一个名不见经传的千户，没被时间抹去，藏在一个狭小范围的文字里，与今天的人相遇。这也算得上一个奇迹。

尽管我望向时间深处的目光恍惚得虚无，但这个人是真实的。他名叫张斌。他劳动的成果、他生活的场景仍在眼前呈现着，一眼望去，六百年前的一桩事情仿佛刚刚过去，转身的背影在某个清早的晨雾里淡去，脚步的寂静，喊声的空洞，大地上无形的疲倦……都在一座旧城里隐匿。

张斌干的事情就是领着一队人马建起一座城池，谁也想不到，这座城池保存至今。

相遇旧城，我开始了对张斌的寻觅。各种纸面记载，网络虚拟世界里的信息海洋，关于他的消息却只是干巴巴的几句。

然而，通过张斌，一项巨大的令人意想不到的事件浮现出来了——当发现这一秘密时，我不能不震惊——在南方，一个数万人甚至几十万人参与的伟大工程，同时在一千里的荒无人烟的海岸线上展开！南蛮绝地，却轻易地将这·壮举遗忘了！

站在大鹏所城城墙前，心里念着张斌这个名字，感觉区隔、窖藏世间一切事物的时间，突然变得像现代的黏合剂，朝代的裂隙被黏合了——历史像是一个人的回忆。这个叫张斌的人并没远去。

明朝洪武二十七年，也许是八月的一天，火辣辣的阳光，照得天地亮晃晃，酷热难当。张斌就是这样的时刻带着一队人马，从南头乌石渡启程去大鹏岭。如果从海上乘船，要走两天，走陆路则时间更长，须经过大梅沙尖、小梅沙尖、九顿岭等高山峻岭，沿路古木参天，那些疯长的榕树、芭蕉、木棉，阻挡着去路。威猛的食肉动物吼声从远远的山坡传来，而沉默的动物如蟒蛇则只在密集的树木后，死死盯着你。南海亚热带边地，你尽可以想象遮天蔽日的林木张狂地挤压着空间，原始的植被绿得森然、凄然。

张斌在某一个高地望见了大海，他也许并不在意。海是身边的事物，甚至是被迫接受的事物。想象一下他的面庞、表情，甚至他的身高，对一个几百年前的人也许并无意义，不如一个千户的官职来得具体和重要。甚至他的性情，也如荒凉的野草一样无关这个世界的痛痒。物质世界，生生灭灭，忽为人形，忽作尘埃，生命如大地之梦。只有面前的海岸线是恒定的绵长。只有前去做的这桩事情，穿越了时空，呈现了某种永恒的品质。

那时，一个新政权刚推翻了一个旧政权，广东是南方最后归降的地区。然而，海上并不安宁。南海奸宄出没，那些被追捕的海上疍户，附居海岛，遇到官军追捕，则诡称是捕鱼的，遇到倭贼就加入他们的行列，像台风一样向着陆地的某个地方袭击。他们以海为家，流动不居，飘忽无常。倭寇到这个地区已经有十四年了。那些南北朝混战中失败的日本武士，纠结土豪、奸商、流氓、海盗，来中国海岸走私，烧杀劫掠。这片荒凉绝地就是这些倭寇的藏身之所。

张斌望向大海的目光并不因辽阔而舒坦，有一丝惊疑阴翳般闪过。他走在南中国的海岸线上，他正要做的就是明朝开国皇帝朱元璋的一项春秋大业——也许连朱皇帝自己也没想到，从这时开始，他在实施一项前无古人的围困自己的计划——修建长城，而这长城首先是从海上开始的。张斌与数以万计的军士和百姓加入到了这海上长城的修筑。

广东境内沿着曲折的海岸，朱元璋设置了广州卫、潮州卫、南海卫、碣石卫等九卫二十九所。在张斌上路的同时，这条还算平直的海岸线上，许多像他这样级别的武官也在上路，民工们浩浩荡荡向着海边聚集，他们的任务就是修建海滨城堡与烟墩——平海所城、东莞所城、青蓝所城、惠州所城、双鱼所城、海丰所城、宁川所城、甲子门所城、捷径所城、河源所城、南山所城、大鹏所城——它们都在1394年同时动工。张斌领命修筑的是大鹏所城。

赤贫出身的皇帝，梦想着"鸡犬之声相闻，老死不相往来"的简朴农业社会，他甚至想废除货币和商品交易：明朝每户人家要承担实物税和徭役。这徭役很可能就是从千里之外押运征收的几百块城砖或几千张纸，从水路或是陆路运抵南京。建南京城墙时，每一块城砖都是从全国各地烧制好后运来的。轮到这一任务的家庭，只能与当年的朱元璋一样陷入赤贫。军队也是如此，实行卫所制，官兵在驻地自耕自食，亦农亦兵。

梦想不过是人的妄念，然而一旦付诸现实，美好往往走向它的反面。皇帝的权柄转动，海禁就是"鸡犬之声相闻，老死不相往来"最好的注脚，这一法令从南京迅速传遍了中国的漫长海岸线。倭寇本已成患，与一个物资贫乏的岛国日本断绝了贸易，他们的刁民盗贼便更加疯狂地赶到中国沿海烧杀劫掠。

这段路车马难行，如天气晴好，最快八天到达。张斌在这溽热天气里，走得大汗淋漓，越往前人烟越稀疏，不时从腥咸的风中飘来大海的涛声，也显得这样的寂寥。

一到大鹏半岛，张斌就忙着勘察地形，最初选址在大鹏半岛最南端的南澳镇西涌海边。于是，一队队兵丁开始在这里安营扎寨，被动员来的百姓也纷纷伐木搭棚。难见人烟的半岛上，升起了滚滚浓烟，那些砖瓦窑前，红泥一地，堆满了山上砍来的树枝，红色黏土做的砖瓦一排排如列队的军士，熊熊火焰从一条条窄长的门洞透出橘红色光芒，映亮了官兵百姓们黧黑的脸庞。

三个月，城墙开始从大地上站立起来。这时，寇盗骚动起来了，像海潮一样袭来，官兵们不得不停下砌刀，拿起刀枪，投入一场场围剿的血战。

窑火再度生起来时，一切又都重来。张斌也许犯了一个选址不当的错误，城堡不得不在另一个地方重建。当一座占地十一万平方米的城池在大鹏山麓建起来时，它的规模是那样宏伟：平面呈方形布局，城墙由麻石和青砖砌成，墙基宽五米、墙宽二米、高六米，城墙总长约一千二百米，城墙上有雉堞六百五十四个，并辟有马道，有东西南北四个城门，每个城门上有一座敌楼，两边设四个警铺。城外东南西三面环绕着一条深三米、宽五米的护城河。而城内建起了南门街、东门街和正街三条主要街道。

张斌的任务完成得十分出色。

二

一座军事化的城堡出现了街道，这是不寻常的。城墙是一种战争行为，街道却是生活的场地，两者奇妙的结合，在空间上呈现了明朝特殊的军队制度——卫所制。

"卫""所"是基层军事单位，军队军官世袭，称"世官"。军士也世袭。他们兵农合一，既当兵又种田。军士和家属有特殊的社会身份，有专门的军籍，由五军都督府直接管理。

刚刚建立的明朝，改朝换代的战争打得国家千疮百孔，朱元璋无力筹措庞大军队的粮饷，于是，边军三分守城，七分屯田，国家供给土地、耕牛、种子、农具。军粮、官兵俸禄就靠田里的收入了。城堡既是军事堡垒，也是一座生活之城。正是这样，有的卫所如威海卫、天津卫、海参卫，后来慢慢演变成了一座座生活的城市。

大鹏所城四周地势险要，临海处又设置了十一处烟墩。这些烟墩就是北方长城的烽火台，圆台形砖土结构，台底直径十米，上部有一直径二米多的圆坑，西北向一米的缺口作为风门。发现敌情，白天以烟传讯，夜晚以火光报警。大坑烟墩至今保存完好，它南邻大亚湾海滨，东北为大亚湾核电站。墩台筑于高约百米的山冈上，可观察整个龙歧澳。

城堡、烟墩沿岭南海岸线一路北上，直到北方的灵山卫、威海卫、天津卫、海参卫……海上"长城"就这样一座连一座建成了。

海上似乎可以太平了。经过与北元几次大的战役，蒙元的兵马被赶到了大漠深处。这时，朱元璋想到了北面的长城。这是他桃源梦的重要部分，他决心重新修建它。

从海上长城的山海关开始，朱元璋把长城修到了居庸关。他的子孙则用了将近二百年的时间，一直把长城修到了嘉峪关，长度达到一万三千多里。甚至，在湘西苗族人的崇山峻岭中，明朝也建起了南方长城。一道城墙，把苗人分为"生苗"与"熟苗"。

农民出身的朱元璋，管理国家就像一个土地主，他把地主看家护院的心理表现到了极致：一道连着一道的城墙，把一个庞大的帝国圈起来了。他居住在宫殿的中央，像一个十足的守财奴。他再也不愿去分清倭寇与那些被海禁断了生计而当上海盗的渔民。防御倭寇也许就是他实行海禁的一个绝好的借口吧。

三

张斌踏着明朝的时间而来，做着看家护院的差事。旧的阳光，在六百年前的岁月里照耀着，这阳光属于南蛮绝地，与寂寞与杀戮一样，也属于张斌。在这海边只闻涛声的寂寞时光里，张斌做梦也不会去想，有朝一日，这样的边地，也可以繁华如京都，那曲折起伏的小道会变成高速公路，箭一样穿透这一空间。现在，他死去，尸骨化作了尘泥。但六百年前的阳光下，我们也死去了——因为那个世界没有我们，我们在尘土中安宁如磐。张斌建的城池，来到了现在的世界，他又走进了我们的生活与记忆。

建在深圳龙岗区的大鹏所城被保护起来了，来这里参观的人越来越多。红男绿女，开着宝马、凌志、雅阁，轻轻一踩油门就到了。他们戴着太阳帽、墨镜，挎着数码相机，指指点点，带着现代人的优越。

朱元璋把贸易视作洪水猛兽，而今天正是这猛兽一样的贸易带来了洪水般的财富。一个商业的社会，一个以市场经济为标记的年代，把大鹏所城之地作为特区，只用三十年的时间就建成了一座影响世界的大都市。它再用这座六百年古城的名字，称做鹏城，想要嫁接历史。

取名者也许没想到他具有反讽的才能，同一个名字两座城池，一个是明朝为闭关锁国而建的，一座却是为打开国门，为开放而建的。面对南海，朱元璋以片板不得下海的禁令，让波涛翻腾不息的大海洋变成一片死海。而深圳，却让这片大海运载来了滚滚财富。六百年，中国人真正看到了大海！

这期间，郑和七下西洋，他的船队就从这座古城不远的海面驶过并停泊过，他看到了海洋的辽阔、伟大，但沿岸一座座兵营城堡里，这些农民的子弟，把刀枪指向海洋，就已经注定了他船队的短命。

大海又沉寂了　百多年，从地球另　面的大洋驶来了一支葡萄牙人的船队，他们在屯门试探性登陆时，遭到了中国军队的打击。大鹏所城的军士参加了第一次对西方人的战斗。葡萄牙人于是改变策略，在澳门半岛悄悄登陆，借口贡物打湿需要上岸翻晒，租借海岛一用。

南蛮绝地，谁也不在意之中，一座魔术一般繁华的城市澳门建起来了。

大鹏所城的军士们仍然住在自己的城堡里面，白天外出种地，夜里持刀枪巡逻。当然，远在天边的船只还是有的，那些装着丝绸、瓷器的商船，偶尔驶过，白帆一点，羽毛一片，于浪尖风口上行走。许多时候，这些飘扬的风帆是由官方控制的贸易。作为国策，海洋是被封锁的。一条海上丝绸之路，在大陆目光难企的大海中，白帆一闪就被波浪抹去了航行的踪迹。

又是二百多年过去，与大鹏所城相距只有几十里的尖沙咀，英国人的舰队出现了。这一次，来者不善，海上的战争无可避免，东西方第一次海战在此打响。

带头反击入侵的一位将军赖恩爵，是大鹏所城人，军人的后代。赖氏满门英雄，三代出了五位将军。九龙海战，恶战五个小时，他竟然靠智慧打退了英国的洋船洋炮，逼使殖民者狼狈逃窜。

1997年7月1日香港回归，赖氏后人燃放炮竹时，喜极而泣，跪在祖堂前，喃喃告慰先人。

大鹏所城历经了如此之多的世界性大事，它仍然在大地上矗立。

四

张斌搬动过的青砖与麻石在这里沉默了六个世纪。张斌站在六米高的城墙上张眼望向大海，这个令人兴奋的高度还在，只是他的目光没有了，换上了我的目光。我感觉到我在重复他眺望的动作，就像我代替他活在这个世上。他那个时候这么年轻，血气方刚，皮肤下血管暴凸，血液喧腾，劳动起来健步如飞。他不会想自己也会成为先人。谁年轻的时候也不会想祖先与自己有什么关系。张斌仿佛一瞬之间就成为了遥远的祖先。洪荒世界，六百年也仅是瞬息即逝。

古城在，这个朝代就在，大地上留下了它的空间。进入这个空间，就进入了我们身体内的明朝。

我爬上北面的一座山头，远远地打量着古城，南风习习，大地葱茏，时间又回到了从前。城墙山下矗立，我看到一个封闭的空间：对外，它用大门打开自己，与东南西北荒野连通并以自己的气势制约着周边的连绵山岭、浩荡海洋；对内，它的城墙之后是街墙，街墙之后是院墙，院墙之后是门墙，密密麻麻，一步一步走向私密的空间，甚至没有窗户，它们都开向了院内。没有人面桃花的惊喜，甚至也没有红杏出墙的绯闻，生活的秩序由建筑规范着，井然之中显现的是宗法的肃然，无人敢于挑战。人面对旷野而起的野心，在这个局促的小小空间里消失殆尽。每个人看到的只是自己的生活，集体的困顿、枯燥转变成个人的处境。怀念、梦想、欲望和不甘也在这小小空间里回旋。城堡与居所，犹如大国与寡民，是一种空间生态，也是一种政治生态。

白天，一道一道大门在吱呀声中打开，一个个军士走出家门，进入公共的空间，成为一支队伍，成为城堡里面生发出来的气与势。晚上，一道一道大门又在吱呀声中关闭，一队队巡逻的军士分散开来，走到一扇扇门后，进入他们私密的空间。这空间里有爱情、亲情，有柴米油盐，有苦乐年华。关闭城门的城堡就是一只睡去的巨兽，像泄了气的皮球，软绵绵卧在大地上。

门的启合有着自己的时间节律。时间在古城是能够倾听的，它是城堡向山河海洋发出的声音——钟与鼓。鼓如果是私人的时间，它在城楼之上，那么钟就是公共的时间，它在寺庙里面。皇帝当过小沙弥，他自然热衷于建寺院，城堡也不能例外。城堡里缭绕的香火常常与南方的雾混在了一起。大鹏所城现在还保存了侯王庙、天后宫、赵公祠。从寺庙里传出来的钟声总是阳光一样悦耳，新一天的开始是充满锐气的，是沉厚的。鲜红如血的霞光正在东方喷薄。钟声嘹亮、震荡，充满朝露一样的清新、喜悦，也充满了人间烟火味。

而城楼上，当那轮由白转红的太阳欲向茫茫大海沉落，总有一双有力的手臂攥紧了桃木的鼓槌，一下一下抡起，鼓点就在这一起一落间响起，像撕裂了沉默，又像绷紧的心弦在刹那间放下。在鼓声掀动的空气里，那黑压压密麻麻的瓦屋顶掠过一片灰色的暗影，那是天地进入沉寂的前奏。而当更鼓一次次响起，人们知道那是在为他们打开一个又一个梦的通道。夜的安谧、恬静全在那不疾不缓的鼓点里，尘土一样沉沉落下，恍如时间的迟滞。

大鹏所城却是寂寞的，位于半岛边地，经常的访客只有风。最激越的时候就是从海上恶魔一样飘来的战争。大海上来的风，既有温柔轻快的，又有狂暴猛烈的。咸腥的气息总带来海的体味，某个清晨或者黄昏刺人鼻息，某个时刻又让人与不祥相连。海在中国人的集体记忆里总是充满了恐惧，它与西部大漠一样，是大陆中央的人想极力遗忘的部分。小农经济，农耕文明，养成了中国人强烈的家园意识，对大海、大漠波动不安、飘忽不定的环境，是那么陌生与抗拒。

高耸的城堡，代表的就是大陆与海洋的一种对峙。

风做了城堡与大海沟通的使者。它让城堡内的房屋建得低矮，体量一点一点缩小。这些来自江南与北方的军士，学会了如何让瓦片紧紧连接，砖与砖重重叠压，让墙壁与窗户的比例调整到恰当的尺度。

窄街小巷，小门小窗小院，挤的不仅是身体，也让语言与语言挤在一起，天南地北的人，南腔北调，都在这窄街小巷里彼此调适，于是一种属于沿海所城特有的语言——军话——生长出来了。城墙就像一个瓦罐，盛着这语言的水，传递过时间的门槛，不外溢，也不灌入，海一样不枯不盈。

城墙内外的榕树、木棉、杨柳……它们或高升向天空，或左右横生，四季里都在绿着、生长着。这让习惯了北方冬季的军士很不习惯，常常梦见凛冽的寒风与光秃秃的枝条，以及春天来临时那最早吐出新绿的惊喜。这些看似孤立的事物，地底之下早已根系相连。它们得紧紧抓住大地，才不会被狂暴的台风连根拔起。军士们的命运与树木也是一样的。在猖獗的倭寇面前，城墙就是他们与大地相连的根，只有伸展出又长又高的墙壁，才不会被海上来的盗寇当做树木一样拔掉。

五

大鹏所城终究没有被海盗倭寇所灭，也没有被时间抹去。岭南沿海的城堡在岁月中一座一座败去时，大鹏所城却不败。它不败的原因不是城墙而是精神，这是时间开放出的花束，是穿越朝代的永不衰竭的力量。

明朝军士世袭制，已经内化成古城人的一种精神，世袭制犹如滚动的车轮，别人无法进入，自己也难以出来，恰如血脉、传统，当兵成了天职，代代相传，跨越了朝代，直至今天。

另一座留存下来的城堡平海所城，离它两百里，它悄悄融入了四方客商，成为一座商城。它因商而留存，就如山东烟台市，以前不过一座烽火台。这些是一座城市生存最隐秘的血液。

四月，暴雨说来就来，连天雨水倾盆而下，水的响声盈溢天地，瀑布在所有高耸的平面上悬挂，海面上白茫茫一片，陆地上也茫茫然如纱如烟。这是来自南海的雨水。

春天，总是在这样的雨水中上路，心事茫茫，汪洋一片都不见，知向谁边？

大亚湾核电站宾馆只在转身间就隐没于雨帘，一条柏油路在山边林间穿行，只有轮下的路是黑色的。海在猛然间出现又消失，像突然的念头一个又一个。大鹏所城在暴雨中出现时，我侧脸注视着它，它就像一场雨里出现的事物，以朦胧又暗重的面目与我道别，洞开的城门，像一个时间的缺口，引诱我散乱无绪的联想。

小车奔跑着，像在水中泅渡。

（原载《人民文学》2012 年第 3 期）

10

李卓吾为何不回故乡

◎卜键

晚明大名鼎鼎的"王学左派"传人李卓吾，曾固执地拒绝返回故乡：辞官赋闲之际不回，妻子苦劝哀求（甚至携女离去）之下不回，在异乡受辱遭逐、颠沛播迁时不回，被关进诏狱、递解原籍之前宁可自杀也不回……这是为什么？

一、曾经丰沛的乡情

李贽（1527—1602）本姓林，字号甚多，如温陵、卓吾、卓老等，嘉靖六年（1527）出生于福建晋江的南安。那是一个滨江临海的秀丽小城，是其家族世代生息的地方，宗祠祖茔之所在、兄弟亲族之所居。据说他有穆斯林的血统，祖上曾做过航海贸易，但至祖父一代已家道寥落。父亲李白斋担任过私塾先生，勉强供一大家子人糊口，他本人读书应试之余也早早操心家计。李贽于嘉靖三十一年（1552）考中举人，对整个家族不啻一个喜讯，接下来自然要攻取进士，而两赴春闱不第，在四年后即出任河南辉县教谕。县学教谕，一个最底层的儒学教官，刚刚三十岁的李贽做出这一选择，说到底还是迫于经济压力。他是兄妹中的老大，极有责任心，虽薪资菲薄，仍将父亲迎至任所孝养，对弟弟妹妹也颇多诲引关爱。

入仕之后，李贽曾多次返回晋江，并有两段时间在家乡长住：先是嘉靖三十九年（1560）父亲去世，时任南京国子监博士的李贽回乡治丧，依礼制丁忧三年。正值东南沿海倭乱，路途难行，他与妻女走了六个多月才抵达，又遇上倭寇围城，即投身于晋江保卫战。服丧期满，为使家人亲族逃离苦海，李贽携带阖家三十余人迁居北京，一时又得不到任职，只好找些塾师之类的活路，那份窘迫困顿自可推想。十个月后好不容易得了个国子监博士（从八品教官），又传来祖父辞世的噩耗，再次回原籍守孝。经此一番折腾，本来就不宽裕的他更为拮据；贫贱日子百事哀，一大家子的迁出迁回，也会引发不少怨言，使之心力交瘁。靠了同僚和朋友所赠赙银，李贽总算凑了些返乡治丧的资费。而他坚决将妻子与三个女儿安顿在辉县，其一当在于海疆失宁，要保护她们的安全；其二应是为了减少盘费。李贽给妻女买了几亩田，嘱托在当地做官的朋友照料，岂知数月后河南大灾，当局赈济缓慢，两个小女儿竟至于活活饿死。

父亲、祖父之丧前后相连，致使李贽差不多在家乡待了六年。而由于"贫不能求葬地"，其曾祖父母的棺木业已停放待葬五十余年，如何让三代先人入土为安，是他作为长门长子理当解决的问题。这需要钱，但他恰恰没有钱（缺钱，是李贽一生如影随形的梦魇）。从小小县学到皇皇国子监跨度虽大，也都是清水衙门的低品阶教官，丁忧期间又没有收入，李贽必然为筹措银两犯难。古典小说戏曲中常见一句俗谚："世情看冷暖，人面逐高低。"直指古往今来的人情势利，并不分异乡还是故乡。李贽笔下无隐，却像是有意回避了此两段经历。只知道他终于安葬了先辈，也安顿好家中弟弟妹妹，方才离乡往辉县接妻女。到了那里，才知自己家发生的悲剧，痛彻心扉，尝写道："是夕也，吾与室人秉烛相对，真如梦寐也。"

自从那个夜晚，李贽再未返回故乡。

二、辞官与不归

历来谈书论事，总有人容易或喜欢走偏，似乎不偏激便不够精彩。如《红楼梦》中的林黛玉，常被说成只会吟诗联句和耍小性儿，全不见曹雪芹对其明敏性情的层层皴染，不见其聪察洞彻与管理家政之潜质。李贽的境遇也差不多，在世时被丑诋为异端、妖人，越数百年又被奉为满血冲阵的无畏斗士，不近情理，不食人间烟火。

怪异和疯癫，从来都不属于出身寒微、一生艰难度日和阅读思考的李贽。他对所置身的浊世了解很深，看透官场也稔悉市井，厌憎虚伪和矫情，由其评点文字可以见出，那也是他思想中最闪光的部分。李贽文采富赡，也有较强的办事和管理能力，跋涉宦途二十余载，最后一职为云南姚安知府。以一介穷举人，从县学教谕起步，中间还遇到两次丁忧（明代已是官多职少，做官的很怕为期三载的丁忧，一次就可能耽搁甚至断送前程），能做到四品太守，靠的并不是运气。他在姚安官声甚好，清廉明练，治理有方，本可成为优秀的地方官，也能让家人过上稳定富足的日子，但那样也就没有了后来的李卓吾。

还在担任礼部司务期间，李贽就开始研读王阳明的学说。南京刑部任员外郎的七年，得以结识泰州学派重要人物王畿、罗汝芳、耿定向等人，与耿定向之弟定理和弟子焦竑结成终生交。泰州学派被称为"王学左派"，提倡"百姓日用即是道"，注重社会底层人的感受，致力于开启民智，皆令李贽觉得亲切着迷。他与耿定理建立了深厚友情，在其返乡后仍渴慕不已，赴云南上任时特地拐了个弯到湖北黄安相见。李贽真性情，迷恋与好友一起读书论学、解惑辩难的光景，竟然不想赴任去了。定理见他行囊萧瑟，劝之先做一任知府，挣些钱养家。李贽遂将女儿女婿留在黄安，与定理相约："待吾三年满，收拾得正四品禄俸归来为居食计，即与先生同登斯岸矣。"所谓"同登斯岸"，指一起到天台山隐居读书和研修学问。

明代姚安称军民府，是为少数民族地区的行政建置，地处云南中部偏北，境内四围皆山，中间为平原沃壤，有滇中粮仓之称，而彝族、白族与汉人杂居，历来为争战之地，殴斗丛起，管理不易。李贽抵达后尝自题一联：

　　从故乡而来，两地疮痍同满目；

　　当兵事之后，万家疾苦总关心。

　　看到此间饱经离乱的破敝景象，他立即联想起倭寇劫氛下的故乡晋江，心情沉重。在知府任上的三年，李贽施政务求简易宽和，"律己虽严，而律百姓甚宽"，"一切持简易，任自然"，与各族百姓休养生息。他捐资修桥，兴办学校，创建姚安书院并经常登坛讲学，在僚属和民众中很受欢迎。姚安府城也是洱海分巡道驻地，云南右参议兼道员骆问礼进士出身，素不喜阳明学，对李贽开讲时杂用禅语也很反感，时不时加以限制。李贽和所属土知州、土同知等相处愉快，而与有几分道学气的骆问礼格格不入。

　　那时的李贽已厌倦官场，三年一任未满，即在万历八年（1580）三月间提出辞呈。与一些伴作清高之态者不同，他是真的要辞，理清账簿，锁闭库房，搬离衙门，避居于鸡足山等地。藩、臬二司不批准，他便带上妻子跑到楚雄去当面诉求。按察使刘维很看重李贽的品格和能力，劝留不得，对他说再等两个月三年任满，看看有无升迁机会，至少等一下朝廷的奖誉。李贽一笑置之，曰：

非其任而居之，是旷官也，贽不敢也；需满以幸恩，是贪荣也，贽不为也；名声闻于朝矣而去之，是钓名也，贽不能也。去即去耳，何能顾其他？（顾养谦：《送行序》）

见其如此坚决，刘维只好会同布政使上报朝廷。一旦辞职之请批准，李贽又觉得有几分怅然，在与好友信中诉说心曲："怕居官束缚，而心中又舍不得官。既苦其外，又苦其内。"真实道出心中一段纠结。他又在云南盘桓数月，为众人的情谊所感动，曾有过留在当地的念头，至次年春才离开。

通常说来，辞官是与还乡、归田相连的，而李贽辞则峻辞，却并不还乡。九年夏月，李贽与妻子到黄安落居。

三、从黄安到麻城

泰州学派至颜山农、何心隐一脉，皆曾聚族而社，任侠仗义，重视朋友之道，李贽亦如此。对于退仕后不返回晋江，他的解释是与朋友在一起更快乐，"得一二胜友，终日晤言以遣余日，即为至快，何必故乡也"。

除了好友耿定理，已是福建巡抚的耿家大哥定向、台州知州老三定力都在故乡为父守丧，"天台三耿"对于李贽夫妇的到来由衷欢迎。耿家大哥专于黄安城东南十五里的天台山兴建住房，供李贽一家安居，旁边即耿氏天窝书院。原以为耿家豪富，读定向《观生记》则知大不然，其家躬耕陇亩，数世清寒，在定向与定力苦读成进士后发生改变，但毕竟积累无久。尽管如此，他们先收留了李贽的女儿女婿，待之如同亲生，现又热情接纳其夫妇，足称高义。卓吾开始了一段惬意时光，一家人获得团聚，与三耿及当地读书人时相切磋，兼也教授耿家子弟。住处虽觉僻远简陋，心情则安定愉悦，尝曰："天窝佳胜，可以终身，弟意已决。"反认他乡为故乡，全然预想不到日后之变。

一个思想者的脑袋和嘴巴，都是闲不住的，亦不太适合指导下一代习八股文，科举应试。忽忽两年多逝去，卓吾老人在天台山读经读史，思维精进，言辞也变得更为锋利；而定向在十二年三月回京任职，定理又不幸于当年七月病逝，使他感觉"寂寥太甚"，"实难度日"。他写了好几首悼念定理的诗，怅惘烦郁，也在给耿定向的信中表达失友之痛：

仆数千里之来，直为公兄弟二人耳。今公又在朝矣，旷然离索，其谁陶铸我也？夫为学而不求友与求友而不务胜已者，不能屈耻忍痛，甘受天下之大炉锤，虽曰好学，吾不信也。(《焚书》增补一，复耿中丞)

一番话有虚有实。耿氏兄弟二人在学术上并不一致，他真正视为挚友、千里来依者只是老二定理。在写给焦竑的信中，李贽描述了与定理相处的欢愉时光："全不觉知身在何方，亦全不觉欠少什么，相看度日，真不知老之将至。"而没有二弟的遮掩护持，耿老大对李贽的行为渐也难以忍耐。这是由不同的学术观念和教育方式引起的：老三定力与几个耿家晚辈，包括他的儿子克明、定理之子克念，都很佩服李贽的学问，钦敬其犀利言辞中迸溅的思想火花，很让耿定向担忧。他在信中屡次责怪李贽，也对同乡友人抱怨，说自个膝下仅有一子，竟然跟着卓吾学超脱，"不肯注意生孙"，"不以功名为重"，指责卓吾"害我家儿子"。

李贽岂是忍气吞声之人，遂与耿定向产生激烈争论，由学术观点渐及个人私德，函札往返，各不相让。没有材料证实耿定向指使人与之为难，但李贽已经不愿意再住下去，曾到县内似马山的洞龙书院待了一段，又到麻城住了几天，安静读书的生活已被打乱。他曾希望焦竑能来一起住上两年，也希望去南京依焦氏而居，而焦竑作为耿定向的亲近弟子，一则未放弃科举之路，二则知道卓吾与老师闹翻，三则自身穷得要命，不敢接这个茬儿。

万历十三年（1585）春，李贽迁居邻近的麻城。黄安人称麻城为旧县，盖因不久前还是麻城的一部分。耿定向是分治活动的重要推手，因此与麻城不少缙绅结下梁子，对于李贽的出走麻城，心中当极为不爽。由这个春天直到万历二十八年（1600）冬月，李贽多数居住在麻城，先是暂住在友人周思久的女婿家，后来入住城北维摩庵，再后来才进驻大名鼎鼎的龙湖芝佛寺。季节只能算是一种巧合，而以流寓之始的煦暖与被迫离去时的肃杀，也能映见麻城人对他的态度变化。芝佛寺距麻城三十里，是一个偏僻清寂的所在。李卓吾曾欲以此为终老之地，也几次前往外地，如山西大同、山东济宁，或也有意寻找更为合适的容身地方。他在万历十九年（1591）五月与袁宏道一起去武昌，游赏黄鹤楼时曾为耿定向门徒鼓噪驱赶，灰头土脸，却受到布政使刘东星的敬重和照抚，住了差不多两年，方回龙湖。万历二十四年（1596）春再次出游，至刘东星的家乡山西沁水；次年夏天，接受时任宣大总督的麻城人梅国桢之邀到大同；八月赴北京，得耿定力安排住西山极乐寺；万历二十六年（1598）春与焦竑联舟南下，寄寓永庆寺，又是一年有余；万历二十八年（1600）三月至济宁，刘东星新任漕运总督，于督府近邻安排他住下，时相请益。当时文人讥刺其游走权门，狐假虎威，怎知李贽心中之苦，在与朋友的信中倾诉："一身漂泊，何时底定？"

当年夏秋间，李贽回到阔别四载的麻城，希望能安心著述，完成几部想写的东西。岂知一些士绅对之嫉恨已深，加上对于梅国桢的仇视，毁谤四起，愈演愈烈，李贽虽欲讲和，并托焦竑等人化解，亦无济于事。湖广按察司佥事冯应京扬言"毁龙湖寺，真从游者法"，当地官府和反对者更是有恃无恐。由舆论到行动，烧了芝佛寺上院，拆毁李贽的藏骨塔。得悉当政者的秘密策划时，七十四岁的李贽虽正在病中，亦只得在弟子陪伴下连夜出逃，躲避到河南商县的黄糵山。

李贽的骨头是硬的，但他是无所畏惧的吗？我在这里感受到他那深深的恐惧，以及颓败与无助。黄蘖山与龙湖只不过几十里山路，长老无念原为芝佛寺住持，曾与李贽相处亲切，发生龃龉后搬离另建法眼寺，此时仓皇来依，真不知卓吾老人怎样走过这段路程？

四、发妻黄氏

李贽尝写道："余妻家姓黄，家颇温厚，又多男子。其男子多读书，又善读书，纵其不尽读书，亦皆能本分生理，使乡里称善人如其读书者，可谓彬彬德素人家矣。"这样一个书香门第的宝贝闺女，十五岁嫁入夫家，上有公公继母，下有六个弟妹，生计艰窘，却也默默地挑起这个担子。黄氏明事理，坚忍善良，一生操劳，也一直过得紧巴巴，即便李贽做了太守，仍不离针指女红，辛勤若女仆。做一个思想者的妻子很难，而做倔强易怒的李贽之妻尤为不易。

李贽回乡丁忧，黄氏也渴望去看望年迈目盲的母亲，然丈夫却要她带着三个女儿暂住辉县，也就住在了辉县；

李贽携其远赴云南姚州任所，却要将唯一的女儿与女婿留在黄安，她应是一百个不情愿，却也让女儿寄人篱下；

李贽好不容易熬到一个太守，未及三年就闹着不做，还要拉着她一起找上司辞职，她也就跟着去了楚雄；

李贽辞官后不回故乡，非要落居距乡遥远的黄安，黄氏纵然思乡心切，却也陪同丈夫住在异乡……

黄氏节操凛然，带领孩子独居辉县时无以度日，二女饿死，有人告知主持赈灾的卫辉府推官邓林材为李贽朋友，劝她去求恳，而其坚执不往。若非邓林材闻知后主动设法救助，她与长女也会饿死。在丈夫与耿定向反目，决意搬离之际，黄氏表达了回归故乡的心愿，她的娘家人黄屿南（记述欠详，应是黄氏的兄弟）专程来黄安，劝说李贽返回晋江，不听。迁居麻城后先寄居友人家中，接下来住进一个寺庵，一住就是两年，大外孙已经长大，二外孙新出生，李贽毫不为意，黄氏则对这样的日子实在无法忍受，回乡之念越发强烈。万历十五年（1587）秋，黄氏带领女儿女婿一家返乡，李贽送至黄陂，骨肉分离之际，举家号啕痛哭，而李贽面色怡然。他在文章中也写到妻女归乡一事，说是由于妻子"苦不肯留，故令小婿小女送之归"，并说有女儿朝夕服侍，自己又把所有积蓄都尽数交与她，心里也就不用牵挂，可以安心在外，"与朋友嬉游"。李贽当然知黄氏想要他一同返乡，却绝不接受。

黄氏走时，还留下贵儿夫妇照顾丈夫，孰知贵儿游泳溺毙，令李贽大为伤感："骨肉归故里，僮仆皆我弃。汝我如形影，今朝惟我矣！"根据招魂诗中"汝妇当更嫁，汝子是吾孙"句，林海权《李贽年谱考略》推测贵儿可能是李贽胞弟之子，过继与他为嗣。此后，他与家族的最后一条亲情纽带也逝去，孤零零漂泊在外。

黄氏还乡后，始终惦念丈夫，不远千里派人来劝丈夫回去。为表达决绝之意，李贽干脆剃光了头发。这使妻子心情郁结，仅一年后就恹恹病终。耿定力时任福建提学，行牌出资，料理黄氏丧事，并亲撰墓表，将之与李贽相对举：

卓吾艾年拔绂，家无田宅，俸余仅仅供朝夕，宜人甘贫，约同隐深山；卓吾乐善好友，户外履常满，宜人早夜治具无倦容；卓吾轻财好施，不问有余，悉以振人之急，宜人脱珥推食无难色；卓吾以师道临诸弟甚庄，宜人待姒娌如同胞，抚诸从若己出。贤哉宜人，妇道备矣！

与大哥定向以大贤自期不同，耿家老三性情温润，对李贽夫妇有很深的理解，对黄氏的悲剧命运极为同情，读之令人泪下。

李贽获知妻子的死讯，佯作满不在乎，实则深为悲伤，一连写了《哭黄宜人》六首、《忆黄宜人》二首，述说妻子的种种贤惠，以寄托哀思。他就是在这时移居龙湖芝佛寺的，却说妻子才是真正的菩萨心肠，"今日知汝死，汝今真佛子"，算是对发妻的追思和礼赞。

五、决绝中那几缕怀恋

古代读书人科举做官，宦游四方，而致仕后回乡颐养天年，结社吟诗，捣弹放歌，几乎成为一种人生定式。李贽的选择显然与众不同，辞官后漂泊异乡，精神上创痕累累，却仍拒绝返回故乡。不光活着不回，还做出周密安排，死了也要葬在外地，甚至叮嘱不要告知家乡的亲人。

万历二十一年（1593）秋，芝佛寺住持无念为筹建卓吾藏骨塔游方化缘，到了公安。"三袁"的小弟中道在焉，带着对李贽的崇敬，作《代湖上疏》，题于簿册之上，说他"生平不以妻子为家，而以朋友为家；不以故乡为乡，而以朋友之故乡为乡；不以命为命，而以朋友之命为命"。袁中道时仅二十三岁，当年夏刚随两个哥哥赴龙湖问学，也希望能助李贽一臂之力。李贽反对到处募化，甚至埋怨无念打着自己的旗号蹭吃蹭喝，但表示对中道这段文字很喜欢。

大概也觉得坚不归乡不合常理，李贽曾做过一些解释，先后不太一致。多年后追述生平，卓吾老人将之归结为"平生不爱属人管"。不过不肯回家，怕是还有一个原因，即妻子家人的不管之"管"，家庭与亲情的日常缠扰。行为的束缚必然会影响心绪的舒卷，李贽回顾宦程，梳理一己自由天性所遭受的挫折：

余以不受管束之故，受尽磨难，将大地为墨，难尽写也。为县博士，即与县令提学触；为太学博士，即与祭酒、司业触。……司礼曹务，即与高尚书、殷尚书、王侍郎、万侍郎尽触也。……最后为郡守，即与巡抚王触，与守道骆触。

李贽襟怀坦荡，也承认不少上司并非坏人，像骆问礼"有能有守，有文学，有实行"，但过于刻薄严厉，便不免相抵触。

李贽说的是肺腑之言。作为一个注重研求真知、叩问灵魂的思想者，一个容不得伪言伪行、扭捏作态的读书人，李贽憎恨钳束和牵绊，向往思想的自由。孔子有名句曰"君子怀德，小人怀土"，深刻精警，允宜细细品味。然则思乡是一种普遍的情结，并不分为君子小人，仍以王粲的"人情同于怀土"为是。于流播生涯中，李贽常泛起对故土的牵念。老友之子从福建来，他非常欣喜，问这问那，有诗为证："白首澄湖上，逢君问故乡。何期故人子，相见说高堂。"而耿定力提学福建时来函索书，李贽在回信中说起家乡人重情义、敬师长，过年时会送一些荔枝、桂圆和白糖等物，希望能各寄给他几斤，"使我复尝故乡物，不亦美欤"。还说到麻城虽也有卖的，多产于广东，酸涩大核，无法与家乡所产相比。

生命的最后阶段，李贽逮系诏狱，锦衣卫并没有太难为这位患病的老者，草草一审便丢在一边，所拟处分，应也就是张问礼呈请的押解回籍。他在监室中可以读书写作，陪同照料者可以来来往往，甚至还可以送吃的和陪住。得知官府的遣返之意，李贽真还做过一番回乡的布置。据随侍弟子汪本钶记述，老师曾约他

"同到晋江，且结以生死事"，并催他先回安徽探望母亲，孰知刚离开三天，李贽便即自杀。笔者试图寻觅其间想法骤变的心理轨迹：李贽本以为看押甚严，只得权作被押解回乡的准备，以保持一份体面和尊严；而一旦发现有了（或说可创造出）机会，便毅然用剃刀自裁。在生命的最后一息，他仍是与朝廷和当局"有触"，仍能在狼狈万状时做出抉择，仍不愿回到故乡。

哲人其萎乎！

决绝中始终有几缕深情怀恋，或者反言之，怀恋中始终有一份无可更易的决绝。就这样，李卓吾在内心的撕扯中，在追求心灵自由的路上，在京师的诏狱，以对命运那一贯的主动和果决，告别了即将崩解的大明末世，也遥遥作别了自己的故乡。

《荀子·礼论》："过故乡，则必徘徊焉，鸣号焉，踯躅焉，踟蹰焉，然后能去之。"染写的正是故土亲情。而刘邦一曲"大风起兮云飞扬，威加海内兮归故乡"，则为"衣锦荣归"留下一个梦幻般的榜样。"独在异乡为异客，每逢佳节倍思亲"，是游子灵魂孤寂时的吟诉，可哪一处"异乡"又无在外的游子呢？人们因着不同理由离开乡土，又因着近同的感受礼赞故园，乡愁挚切，故乡也被描绘得明洁温润。而从更阔大的视野来看，所有的陌生地都是故土，所有的异乡都是故乡。若故乡的一切都温柔美妙，又于何处滋生罪恶和丑行呢？

不知哪位哲人说过历史不容假设，其实假设一下也有意思：设若李贽致仕后返回故乡，又会怎样呢？他可能生活得娴雅安适，也可能成为备受尊重的乡间耆旧，家中访客常满、孙辈绕膝，可那样大约也就没了李卓吾，没了他在孤寂山寺中的苦读长思，没了他与耿定向的激情论辩，没了"童心说"与"化工说"，没了对《西厢记》和《水浒传》的评点……

而且，从李贽生活的大明以迄盛清，很少有一方土地能容忍"异端"的存在。攻击和围剿思想者，最好能伴随着打砸抢烧，从来都是庸众的精神盛宴，并不区分对象是游子还是同乡，并不因家乡人而有些许客气。作为一个绝假纯真的思想者，即使在家乡，李贽也不会停止写作和发声，那样就难免摩擦和对抗，难保不发生类似麻城的"群众运动"。

李贽为什么要返回故乡？

（原载《读书》2019年第3期）

11

谈谈明末

◎李洁非

每个人一生，都有没齿难忘的经历。大约 1670 年，已是大清子民的计六奇这样写道：

四月廿七日，予在舅氏看梨园，忽闻河间、大名、真定等处相继告陷，北都危急，犹未知陷也，舅氏乃罢宴。廿八日，予下乡，乡间乱信汹汹。廿九日下午，群儆叔云："崇祯皇帝已缢死煤山矣。"予大惊异。三十日夜，无锡合城惊恐，盖因一班市井无赖闻国变信，声言杀知县郭佳胤，抢乡绅大户。郭邑尊手执大刀，率役从百人巡行竟夜。嗣后，诸大家各出丁壮二三十人从郭令，每夜巡视，至五月初四夜止。[①]

"四月廿七日"，指的是旧历甲申年四月二十七日，置换为公历，即1644年6月1日。文中所叙，距其已二十余载，而计六奇落笔，恍若仍在眼前，品味其情，更似锥心沁血，新鲜殷妍，略无褪色。

之如此，盖一以创巨痛深，二与年龄有关。事发之时，作者年方二十二岁，正是英华勃发的大好年华。在这样的年龄遭逢塌天之变，其铭心刻骨，必历久如一而伴随终生。时间过去将近三十年，计六奇渐趋老境，体羸力衰，患有严重眼疾，"右目新蒙，兼有久视生花之病"，而愈如此，那种将青春惨痛记忆付诸笔墨的欲望亦愈强烈。从动手之始到书稿告竣，先后四五年光景，"目不交睫，手不停披，晨夕勿辍，寒暑无间，宾朋出入弗知，家乡米盐弗问，肆力期年，得书千纸"[②]。他曾回顾，庚戌

① 计六奇：《明季南略》，中华书局，1984年，第7页。
② 计六奇：《明季南略》，中华书局，1984年，第524页。

年（1670）冬天江南特别寒冷，大雪连旬，千里数尺，无锡"一夕冻死"饥民四十七人，即如此，仍黾勉坚持写作，"呵笔疾书，未尝少废"；而辛亥年（1671）夏季，又酷热奇暑，计六奇同样不肯停笔，自限每日至少写五页（"必限录五纸"），因出汗太多，为防洇湿纸页，他将六层手巾垫于肘下，书毕抬起胳膊，六层手巾已完全湿透……须知，这么历尽艰辛去写的上千页文字，对作者实无任何利益可图——因所写内容犯忌，当时根本无望付梓，日后能否存于人间亦难料定。他所以这样燃烧生命来写作，只不过为了安妥自己一段挥之不去的记忆。

今天，不同年龄层的人，每自称"××一代"。作为仿照，17世纪中叶，与计六奇年龄相近的那代中国人，未必不可以称为"甲申一代"。他们的人生和情感，与"甲申"这特殊年份牢牢粘连起来。令计六奇难以释怀，于半盲之中、将老之前，矻矻写在纸上的，归根到底便是这两个字——当然，还有来自它们的对生命的巨大撞击，以及世事虽了、心事难了的苦痛情怀。

倘若尽量简短地陈述这两个字所包含的要点，或许可以写为——

公元 1644 年（旧历甲申年，依明朝正朔为崇祯十七年），4月 25 日清晨，李自成攻陷皇城前，崇祯皇帝以发蒙面，缢死煤山。自此，紫禁城龙床上不复有朱姓之人。5 月 29 日，从山海关大败而归的李自成，在紫禁城匆匆称帝，"是夜，焚宫殿西走"。[①]6 月 7 日，满清摄政王多尔衮率大军进入北京。

某种意义上，这样的历史更迭只是家常便饭。之前千百年，大大小小搬演过不下数十次，1644 年则不过是老戏新出而已。就像有句话总结的：几千年来的历史，无非是"一部阶级斗争史"。就此而言，明末发生的事情，与元、宋、唐、隋、晋、汉、秦之末没有什么不同。

作为 20 世纪下半叶以后出生的中国人，我们有幸读过不少用这种观点写成的史著或文艺作品。或许，一度也只能接触这种读物。对于明末的了解，笔者最早从一本叫《江阴八十天》的小册子开始，那是 1955 年出版的一本通俗读物，写江阴抗清经过，小时候当故事来看，叙述颇简明，然每涉人物，必涂抹阶级色彩，暗嵌褒贬、强史以就。中学时，长篇小说《李自成》问世，

<hr />

① 徐鼒：《小腆纪年附考》，中华书局，2006 年，第 153 页。

同侪中一时抢手，捧读之余，除了阶级爱憎，却似无所获。晚至90年代初，某《南明史》出版，当时专写南明的史著还十分稀有，抱了很高热忱拜读，发现仍然不弃"阶级分析"，于若干史实继续绕着弯子，闪烁其词，文过饰非。

将几千年历史限定为"一部阶级斗争史"，无法不落入窠臼，使历史概念化、脸谱化。就受伤害程度而言，明末这一段似乎最甚。这样说，可能与笔者个人感受有关，所谓知之深、痛之切。但感情因素以外，也基于理性的审视。在我看来，明末这一段在中国历史上有诸多突出的特质：时代氛围特别复杂，头绪特别繁多，问题特别典型，保存下来、可见可用、需要解读的史料也特别丰富。

明代是一个真正位于转折点上的朝代。对于先前中华文明正统，它有集大成的意味，对于未来，又有破茧蜕变的迹象。没有哪个时代，思想比明代更正统，将中华伦理价值推向纯正的极致。同样，亦没有哪个时代，思想比明代更活跃、更激进乃至更混乱，以致学不一途、矫诬虚辩、纷然骤讼，而不得不引出黄宗羲一部皇皇巨著《明儒学案》，专事澄清，"分其宗旨，别其源流"，"听学者从而自择"。①

这一思想情形，是明朝历史处境的深刻反映。到明代晚期，政治、道德、制度无不处在大离析状态，借善恶之名殊死相争，实际上，何为善恶又恰恰混沌不清，乃各色人物层出不穷，新旧人格猛烈碰撞、穷形尽相，矛盾性、复杂性前所未见。

别的不说，崇祯皇帝便是一个深陷矛盾之人，历史上大多数帝王只显示出单面性——比如"负面典型"秦始皇、"正面典型"唐太宗——与他们相比，崇祯身上的意味远为丰富。弘光时期要人之一的史可法，也是复杂的矛盾体；有人视为"完人"、明代文天祥（如《小腆纪年附考》作者徐鼐），有人却为之扼腕或不以为然（批评者中，不乏像黄宗羲那样的望重之士）。即如奸恶贪鄙之马士英，观其形迹，也还未到头顶长疮、脚底流脓的地步，在他脸上，闪现过"犹豫"之色。

明末人物另一显著特色，是"反复"：昨是今非，今非明是；曾为"正人君子"，忽变为"无耻小人"，抑或相反，从人人唾弃的"无耻小人"，转求成为"正人君子"。被马士英、阮大铖揪住

---

① 黄宗羲：《明儒学案序》，《明儒学案》上册，中华书局，1986年，第 8 页。

不放的向来以清流自命，却在甲申之变中先降于闯、再降于满的龚鼎孳等，即为前一种典型。而最有名的例子，莫过钱谦益。数年内，钱氏几经"反复"，先以"东林领袖"献媚于马士英，同流合污，复于清兵进占南京时率先迎降，可两年之后，却暗中与反清复明运动发生关系。武臣之中，李成栋也是如此。他在清兵南下时不战而降，不久制造惊世惨案"嘉定三屠"，此后为清室征平各地，剿灭抵抗，一路追击到广东，却忽然在这时，宣布"反正"，重归明朝，直至战死。像钱谦益、李成栋这种南辕北辙般的大"反复"，固然免不了有些个人小算盘的因素，却绝不足以此相解释，恐怕内心、情感或人格上的纠结，才真正说明一切。

矛盾状态，远不只见于名节有亏之辈，尤应注意那些"清正之士"，内心也往往陷于自相抵牾。例如黄宗羲，自集义军，坚持抗清，只要一线希望尚在，就不停止复明战斗；即便永历帝彻底覆灭之后，也拒不仕清，终身保持遗民身份，其于明朝可谓忠矣。然与行为相反，读其论述，每每觉得黄宗羲根本不是传统意义上的忠君者，他对君权、家天下的批判，是到那时为止中国最彻底的。以此揣之，他投身复明运动，并非为明朝而战，至少不是为某个君主而战，而是为他的国家、民族、文化认同而战。然而，他的行为客观上实际又是在保卫、挽救他已经感到严重抵触和质疑的皇权，以及注定被这权力败坏的那个人。这与其说是黄宗羲个人的矛盾，不如说是时代的矛盾。

在明末，这种情绪其实已是非常普遍的存在，并非只有黄宗羲那样的大精英、大名士所独有。细读《明季南略》，可于字里行间察觉作者计六奇对于明王朝不得不忠、实颇疑之的心曲。书中，到弘光元年四月止，对朱由崧一律称"上"，而从五月开始，亦即自清兵渡江、朱由崧出奔起，径称"弘光"，不复称"上"。古人撰史，讲究"书法"，字词之易，辞义所在。以"弘光"易"上"，是心中已将视朱由崧为君的义务放下——假如真的抱定忠君之念，计六奇对朱由崧本该一日为君、终生是君，但他一俟后者失国便不再以"上"相称。这是一种态度或评价。朱由崧在位时，作为子民计六奇自该尊他一个"上"字，然而，这绝不表示朱由崧配得上；《南略》不少地方，都流露出对朱由崧的微词以至不屑。这是明末很多正直知识分子所共有的隐痛：虽然对君上、国事诸多不满甚至悲懑，但大义所系，国不得不爱，君不得不尊，统不得不奉，于万般无奈中眼睁睁看着社稷一点点坏下去，终至国亡。

虽然所有王朝的末年都不免朽烂，但明末似乎尤以朽烂著称。我们不曾去具体比较，明末的朽烂较之前朝，是否真的"于斯为盛"，但在笔者看来，明末朽烂所以令人印象至深，并不在于朽烂程度，而在于这种朽烂散发出一种特别的气息。

简单说，那是一种末世的气息。过去，任何一个朝代大放其朽烂气息时，我们只是知道，它快要死了——但并非真死，在它死后，马上会有一个新朝，换副皮囊，复活重生。明末却不同，它所散发出来的朽烂，不仅仅属于某个政权、某个朝代，而是来源于历史整体，是这历史整体的行将就木、难以为继。你仿佛感到，有一条路走到了头，或者，一只密闭的罐子空气已经耗尽。这次的死亡，真正无解。所谓末世，就是无解；以往的办法全部失灵，人们眼中浮现出绝望，并在各种行为上表现出来。

这是明末独有的气质，及时行乐、极端利己、贪欲无度、疯狂攫取……种种表现，带着绝望之下所特有的恐慌和茫然，诸多人与事，已无法以理性来解释。以弘光朝为例，在它存世一年间，这朝廷简直没有做成一件事，上上下下，人人像无头的苍蝇在空中划来划去，却完全不知自己在做什么。皇帝朱由崧成天耽溺酒乐，直到出奔之前仍"集梨园子弟杂坐酣饮"[①]；首辅马士英明知势如危卵，朝不保夕，却不可理喻地要将天下钱财敛于怀中；那些坐拥重兵的将军，仓皇南下，无所事事，为了谁能暂据扬州睚眦相向……他们貌似欲望强烈，其实却并不知所要究竟系何，只是胡乱抓些东西填补空虚。一言以蔽之：每个人所体验的，都是枯坐等死的无聊。

然而，这时代的深刻性，不只在于旧有事物的无可救药。我们从万古不废的自然界可知，生命机体腐坏，也意味着以微生物的方式转化为养料和能量，从而滋生别的新的生命。明末那种不可挽回的圮毁，在将终末感和苦闷植入人心的同时，也刺激、诱发了真正具有反叛性的思想。

前面说到明代精神的两面性。的确，以理学、八股为特征，明代思想状态有其僵死、保守的一面，就像遗存至今、森然林立的贞节牌坊所演述的那样。但是，对于明代精神的另一面——怀疑、苦闷与叛逆，谈得却很不够；对于明代知识分子的独立意识、批判性以至战斗性，谈得就更不够。

很显然，历朝历代，明代知识分子的上述表现应该说是最强

---

① 徐鼒：《小腆经年附考》，中华书局，2006年，第364页。

的。从方孝孺到海瑞，这种类型的士大夫，其他朝代很少见到。如果说明中期以前多是作为个人气节表现出来，那么从万历末期起，就越来越显著地演进到群体的精神认同。著名的"三大案"，看似宫廷事件，实际是中国古代政治史上的一个分水岭；以此为导火索，知识分子集团与传统皇权的分歧终于表面化，从而触发党争和党祸。从天启年间阉党排倾、锢杀东林，到崇祯定逆案，再到弘光时马、阮当道——确言之，从1615年"梃击案"发，到1645年弘光覆灭——整整五十年，明季历史均为党争所主导。这一现象，表面看是权力争攘，深究则将发现根植于知识分子批判性的强劲提升和由此而来的新型政治诉求。在此过程中，知识分子集团不光表现出政治独立性，也明确追求这种独立性。他们矛头所向，是企图不受约束的皇权，以及所有依附于这种权力的个人或利益集团（皇族、外戚、太监、佞臣等）。

　　这是一个重大历史迹象。虽然党锢、党争在汉宋两代也曾发生，但此番却不可同日而语。明末党争不是简单的派系之争，也越过了"只反贪官，不反皇帝"；事实上，它是以知识分子批判性、独立性为内涵，在君主专制受质疑基础上，所形成的带有重新切割社会权力和政党政治指向的萌芽。若曰不然，试看：

岂天地之大，于兆人万姓之中，独私其一人一姓乎？[1]

这是黄宗羲《原君》中的一句，还说：

今也以君为主，天下为客，凡天下之无地而得安宁者，为君也。是以其未得之也，荼毒天下之肝脑，离散天下之子女，以博我一人之产业，曾不惨然！曰"我固为子孙创业也。"其既得之也，敲剥天下之骨髓，离散天下之子女，以奉我一人之淫乐，视为当然，曰"此我产业之花息也。"然则为天下之大害者，君而已矣。[2]

如果我们意识到阐述了这一认识的人，正是在天启党祸中遭迫害致死的一位东林党人的后代（黄宗羲之父、御史黄尊素，天启六年死于狱中），或许能够从中更清楚地看到明末的精神思想

---

[1] 黄宗羲：《明夷待访录·原君》，《黄宗羲全集》第一册，浙江古籍出版社，1985年，第3页。
[2] 黄宗羲：《明夷待访录·原君》，《黄宗羲全集》第一册，浙江古籍出版社，1985年，第2-3页。

脉络。

在欧洲，资产阶级的崛起，使君权、教权之外出现第三等级，最后导致民主共和。我们无意将明末的情形与之生搬硬套，却也不必因而否认，黄宗羲在中国明确提出了对君权的批判，而且是从社会权利分配不合理的全新意义和高度提出的。我们不必牵强地认为明末发生了所谓"资本主义"（它是一个如此"西方"的语词）萌芽，但我们依然认定，这种思想连同它的表述，在帝制以来的中国具有革命性。

末世，未必不是历史旧循环系统的终结，未必不是已到突破瓶颈的关口。尽管我们明知，对历史的任何假设都近乎谵妄，但关于明末，我们还是禁不住诱惑，去设想它可能蕴藏的趋势。这种诱惑，来自那个时代独特而强烈的气息，来自其思想、道德、社会、经济上诸多异样的迹象，来自我们对中国历史的了解与判断，最后，显然也从中西历史比较那里接受了暗示……总之，我们靠嗅觉和推测就明末中国展开某种想象，私下里，我们普遍感到这样的想象理由充足，唯一的问题是无法将其作为事实来谈论。

也罢，我们就不谈事实，只谈假设。

人们不止一次在历史中发现：事实并不总是正确的，有些事实并非历史合乎逻辑的发展，而是出于某种意外。一个意外的、不符合期待的、甚至无从预见的事件突然发生了，扰乱了历史的进程，一下子使它脱离原来的轨道。这种经历，我们现代人遇到过，17世纪中叶的汉民族似乎也遇到了。

　　那就是清朝对中原的统治。

　　我曾一再思索这意味着什么。尽管今天我们会努力说服自己用当代的"历史视野"消化其中的民族冲突意味，但当时现实毕竟是，汉服衣冠被"异族"所褫夺。这当中，有两个后果无可回避：第一，外族统治势必对国中的矛盾关系、问题系列（或顺序）造成改写；第二，新统治者在文明状态上的客观落差，势必延缓、拖累、打断中国原有的文明步伐。

　　有关第一种后果，看看清初怎样用文字狱窒息汉人精神，用禁毁、改篡的办法消灭异己思想，便一目了然。在清代统治者来说，此乃题中之义、有益无害，完全符合他们的利益需要，不这么做没法压服反抗、巩固统治。但对中国文明进程来说却只有害处，是大斫伤，也是飞来之祸、本不必有的一劫。

　　至于第二种后果，历来有不少论者，对清朝诚恳学习、积极融入汉文化大加赞赏，固然，比之另一个异族统治者蒙元，清朝的表现正面得多。不过理应指出，在他们这是进步、是提高，中国文明却并无进步、提高可言——实质是，为适应一个较为落后现在却操持了统治大权的民族，中国放缓了自己的文明脚步。在先进文化面前，历史上两个使汉人完全亡国的外族，蒙元采取抵制，祚仅百年；清代以汉为师，结果立足近三百年。它们之间，高下分明。然而两者有一点相同，即均无裨益于中原文明。自其较"好"者清代来看，入主中原后，一切制度照搬明代，实因自身在文化上太过粗陋、没有创新能力，只能亦步亦趋地仿造与抄袭。

依照明代的社会、经济、文化状态看，中国历史此时已处在突破、转型的前夜，至少，新的问题已经提出。倘若不被打断，顺此以往，应能酝酿出某种解答。清朝入主，瞬间扭转了矛盾与问题的焦点。先前中国从自身历史积攒起来的内在苦闷，被民族冲突的外在苦闷所代替或掩盖；本来，它可能作为中国历史内部的一种能量，自发探求并发现突破口，眼下却被压抑下去或转移到别处，以至于要等上两百年，由西方列强帮我们重新唤醒、指示这种苦闷。

这是一个已经身在 21 世纪的中国人，于读史时的所思。毋庸讳言，它带着很大的猜想性。但这猜想，究竟不是凭空从笔者脑中而来，而是对扑鼻的历史气息的品咂与感应。读计六奇《北略》《南略》、黄宗羲《弘光实录钞》、顾炎武《圣安皇帝本纪》、文秉《甲乙事案》、夏允彝《幸存录》、王夫之《永历实录》、谈迁《国榷》……心头每每盘旋一个问题：这些人，思想上均非对君主愚忠、死忠之辈，不同程度上，还是怀疑者、批判者，却无一例外在明清之际坚定选择成为"明遗民"。他们有人殊死抵抗（黄宗羲），有人追随最后一位朱姓君主直至桂中（王夫之），有人远遁入海、死于荒渺（夏允彝），有人锥心刺骨、终生走不出"甲申"记忆（计六奇）……民族隔阂无疑是原因之一，但这既不会是唯一原因，而且从这些人的精神高度（注意：其中有几位 17 世纪东方顶尖的思想家和学问家）推求，恐怕也非主要原因。我所能想到的根本解释，应是他们内心十分清楚，这一事态意味着在巨大的文明落差下中国的方方面面将大幅后退。他们拼死保护、难以割舍的，与其说是独夫民贼，不如说是中国历史和文明的延续性。

"明遗民"是大现象、大题目，人物、情节甚丰，而且其中每可见慷慨英雄气，绝非人们从字眼上所想的抱残守缺、冥顽不灵一类气质。何时得暇，笔者颇有意以"明遗民"为题展开著述。就眼下而言，我们着重指出明末这段历史的幽晦与复杂、人性的彷徨与背反，包括社会心理或个人情感上的苦痛辛酸、虬结缠绕，并非一部"阶级斗争史"可以囊括。

中国人重新认识自己历史的时间并不长，基本从20世纪开始。之前，既缺少一种超越的视野（对传统的摆脱与疏离），也缺少文化上的参照系（不知有世界，以为中华即天下），还缺少相应的理念和工具（对此，梁启超《中国历史研究法》所论颇精要）。以中国历史之长，这一工作又开展得如此之晚，其繁重与紧迫可想而知。即使如此，我们却仍有三四十年以上的时间，被限制在一种框架之下，使历史认识陷于简单化和概念化，欠账实在太多。

像明末这段历史，对观察全球化以前或者说自足、封闭状态下中国的社会、政治、文化、思想，可谓不可多得的剖截面，但迄今获取的认识与这段历史本身的复杂性、丰富性相比，却单薄得可怜。它先在20世纪初排满运动中、后在抗日时期，以历史情境的相似令人触景生情，两次引起学界注意，柳亚子、朱希祖、孟森、顾颉刚、谢国桢诸先生或加以倡重，或亲自致力于材料、研究，创于筚路蓝缕，有了很好的开端。50年代起，思想归于一尊，同时还有各种"政策"的约束，对明末历史的探问颇感不便与艰难，渐趋平庸。举个例子，钱海岳先生穷其一生所撰，曾被柳亚子、朱希祖、顾颉刚等寄予厚望的三千五百万字巨著《南明史》百二十卷，一直静置箧中，直到新世纪的2006年（作者已过世三十八年）才由中华书局出版。像《甲申三百年祭》《李自成》那样的著作，本来不无价值，但它们的矗立，却是作为一种警示性标志，起到排斥对于历史不同兴趣的作用。

历史是一条通道，现实由此而来；使它保持通畅的意义在于，人们将对现实所以如此，有更深入的、超出于眼前的认识。每个民族都需要细细地了解自己的历史，了解越透彻就越聪明，以使现实和未来朝较好的方向发展。

（原载《悦读》第二十一卷，2011年3月1日出版）

12

二十三个春秋的晚翠

◎北北

晚翠就是林旭，林旭的号。

组合得多么美好的两个字！一路走去，一直走进肃杀荒凉暮色苍茫的晚境了，生命之色仍然不减不褪，依旧有着最纯粹的"翠"——翠绿、翠亮、翠生生。

可是林旭没有晚境，他只活了二十三年。光绪二十四年，即1898年，他与谭嗣同、刘光第、杨锐、杨深秀、康广仁等六人一起，在北京宣武门外的菜市口被斩死，史称"戊戌六君子"。

死是因为维新变法，是因为他是四位四品卿衔充军机处章京之一，是因为他深得光绪帝的赏识，是因为光绪帝关于维新变法的诏书多由他起草。

一个仅仅二十三岁的青年！

二十三年中，他有十六七年是在福州度过的。

生命刚开始的时候非常普通，虽然爷爷林福祚功名还行，道光己酉年举人，在安徽任一县令，但父亲林百敬却仅中秀才，收入微薄，家境贫寒，并且在林旭年幼时就已病逝。母亲抑郁成疾，很快也去世。孤儿的日子怎么过？只能靠两位叔叔接济一些了。在他七岁那年，叔叔把他送进私塾读书，学习诗词律赋。他很争气，学得很好，据说常常"出语惊其长者"，于是被视为"神童"。而且，他"喜浏览群书"，家里连维持三餐都艰难了，哪有闲钱买书？林旭并不沮丧，他向邻里乡人借阅，张三李四王五赵六，谁有好书他都毫无羞涩地凑近去借来一阅。据说能过目成诵，让人吃惊不已，也不免生出敬意，于是都"乐与之"，只要想看，就拿去看吧。

这一段生活其实是辛酸的，辛酸得如同一场漫无边际的瓢盆大雨。而他则如一株幼竹，在雨中摇晃、蜷曲、疼痛，最终还是咬紧牙关，坚持抗争，并且奋力向天空伸展出柔韧的枝丫与绿油油的叶片。

命运的转折点在光绪十七年，即 1891 年。

这与一个人有关。那个人叫沈瑜庆，清末名臣沈葆桢最钟爱的第四子，光绪十一年乙酉科顺天乡试第 49 名举人。光绪元年，即 1875 年，沈葆桢从船政大臣位上，调任两江总督兼南洋通商大臣时，把 17 岁的沈瑜庆带上了，让他了解军务吏事以及社会现状，使沈瑜庆大开了眼界。四年后，沈葆桢病死在两江总督位上，皇帝恩赏沈瑜庆为候补主事。考中举人后，经沈葆桢的老友李鸿章推荐，沈瑜庆到江南水师学堂任职。

江南水师学堂在南京，林旭在福州，两地相隔千山万水，两人本来无论如何都难以邂逅相逢的。偏偏凑巧，1891 年春天沈瑜庆回家省亲扫墓。该祭拜的祭拜了，该忙碌的忙碌了，然后闲下无事时，沈瑜庆到林旭私塾老师杨用霖家串门。

他是冲着一个传言去的：私塾里有位少年，文章了得，胸襟了得，抱负了得！

最初沈瑜庆也许只是出于读书人的惜才爱才之心，但是，把林旭的文章看过之后，他有其他想法了。

沈家有女初长成，名鹊应，才貌双全。这个做父亲的心里一动，决定把女儿许配给他。

史书关于这一事件的过程没有多少记载，记载的只有结果：林旭成了沈瑜庆的长女婿。的确太戏剧化了。在那个门第观念根深蒂固、门当户对还十分盛行的年代，出身豪门的沈瑜庆仅仅因为"异其博"，就把女儿的终生托付出去了，他做出了常人根本无法想象的选择。

林旭对这个从天而降的大事作何感想呢？犹豫还是狂喜？两个家庭差距太大了，简直是天壤之别。他的家族中，仕途的高峰不过是爷爷，而在爷爷任县令时，沈葆桢正在两江总督的任上，一个小小的县令不过是沈葆桢手下微不足道的一员。七品芝麻官与位高权重的封疆大臣攀亲了。

沈瑜庆直接把林旭带往南京与女儿完婚，然后让他留下随任读书，亲自指点。此举究竟是因为实在太喜爱这个才华横溢的少年而不忍割舍，还是从当年自己跟随父亲受益匪浅中获得启示呢？——他随父亲赴南京时17岁，林旭随他赴南京时16岁，一样是豪情万丈却苦于见识局限的青涩年纪。

林旭贫乏局促的生活突然被一束聚光灯射中，自此大变。

不久，沈瑜庆被张之洞招为幕僚，督署总文案兼总筹防局营务处。林旭也跟随前往武昌。那期间，张之洞身边聚拢了诸多精英，柯逢时、袁昶、梁鼎芬、黄遵宪、郑孝胥、叶大庄等等，这些名流不仅带给林旭全新的知识，更让他领悟到非同寻常的人生境界。

1893 年春他回乡应试，先参加童生试，三试皆冠，考取秀才。接着参加癸巳乡试，考中举人第一名。其应试作文很快流传到社会，居然脍炙人口，一时成为美谈。

沈瑜庆一定比谁都兴奋。像赌博一样，他做主定下这门亲事，绝不是要把女儿往贫民窟里推的，而在那时，学而优则仕几乎就是读书人唯一的出路，科举之路再沉疴遍地，脚不在上面一步步往上踩，就很难有出头发达的日子。

或许就是在回乡应试的那一年，林旭在郎官巷买下一幢房子。

他爷爷的老家在福州东门塔头街，因为年久失修，老屋已经破败不堪了。既然需要换新居，不如直接到三坊七巷中去，好歹离沈鹊应位于宫巷的娘家近一点。

房子不大，很玲珑。按他的心意，这房子不会久住，只是作为将来偶尔携妻儿回福州的暂时歇息处，最多留待叶落归根的晚年享用。看过外面的精彩世界之后，他心大了，眼高了，他相信自己肯定不仅仅只属于福州。

举人之后便是进士。林旭确实朝着这个目标前行了。

1894年，就在中解元的第二年，他初次进京参加恩科会试，以为志在必得，不料却落第。林旭多少有些失落。一考考成解元，再考哪怕叨陪末座，怎么也该榜上有名呀！谁知人算不如天算，竟输了。唯一让他欣慰的是，他的一些诗文居然开始在京城流传，名动一时。

第二年，即1895年，林旭又参加乙未年科礼部会试，居然再次名落孙山。

他脸上肯定有些挂不住了。当年那个语出惊人的神童哪里去了？那个让见多识广的沈瑜庆"异其博"的少年哪里去了？

那次落第之后，林旭没有走，他留在枣城了，捐资为内阁候补中书。

"内阁中书"官阶不过从七品，在内阁中掌撰拟、记载、翻译、缮写之事。"候补"自然更微不足道了。但不管怎么说，他得"工作"了。这几年自己及妻子的生活用度一直是岳父出资，岳父虽然没有丝毫怨言，但也不能永远这么下去呀，自己都不好意思了。

在他两次进京应试期间，一件大事正在发生。

东邻小国日本在明治维新后资本主义获得迅速发展，并积蓄力量向外扩张。吞并朝鲜、侵略中国成为他们的基本国策。这个野心当时甚至得到国际社会的支持，除美国外，其他列强也积极怂恿。由于英法俄德在中国的争夺已经十分激烈，英俄都想把日本结为自己的伙伴，以战胜对手。1894年初，朝鲜爆发农民起义，朝鲜政权向清政府求援。事情本来不复杂，因为历来是中国的附属国，朝鲜已经习惯于有难就开口相求，而清政府也没有多虑背后的危机与险恶。

危机来自日本。日本假惺惺地怂恿清政府"何不代韩戡乱"，又表示"我政府必无他意"。真没有他意吗？不是。他们其实已经磨刀霍霍了。

1894年6月4日，清政府派淮军将领、直隶总督叶志超率兵1500人开赴朝鲜牙山。不到半个月，日本兵也陆续从仁川登陆，占领汉城附近的战略要地。又过了半个月，他们入韩兵力已达18万人，并成立海军联合舰队，很快控制了朝鲜西岸。

一切都明朗化了，再傻的人此时都明白了日本人的野心。但仍然有人打着自己的小算盘或者心存侥幸，也许……说不定……他们指望什么呢？居然指望各怀鬼胎的英俄能够通过"调停"和"干涉"让日本人退步。而西太后，那时正忙着准备六十大寿，她哪有闲心管这等破事？

一边是垂涎三尺的狼，一边是愚钝懦弱的羊。

7月25日，海上炮火骤起，日本人突然不宣而战了。第一天中方就有"济远""广乙""高升""操江"四艘舰被击沉、击伤或被掳去。接着陆路的战线也铺开，四千多名日本陆军向驻守牙山的清军进犯，清军败退。

两个拳头就这么在猝不及防间蛮横无理地击过来了。8月1日，清政府在万般无奈之下，不得不对日宣战。

战争开始了。这一年是中国农历甲午年。

先在外围打。平壤战役清军死伤惨重，黄海海战伤亡更剧。很快，日军向中国直接杀来了。10月下旬，一路日军由朝鲜新义州附近偷渡鸭绿江，攻占九连城，进逼辽阳；另一路日军从花园口登陆，从背后包抄大连旅顺。

大连在11月7日失守，旅顺在11月22日沦陷。整个旅顺城的中国人，除留下三十六个用来抬尸体的之外，其余的全被日军杀掉，尸横遍地，血流成河。

时光悠悠踱进1895年，冬日的严寒还未退尽，春日的料峭已经紧接而来。1月30日，日军向北洋水师基地威海卫发起总攻。一个星期后，威海卫被陷，北洋水师11艘舰艇和各种军资物品全部落入日军之手。至此，日军已经杀得性起，一个多月后，又向辽河发起总攻，并迅速占领辽东半岛。

几乎在战火燃烧的整个过程，李鸿章在慈禧太后的支持下仍然一直心存幻想地在寻求"调停"，然后是"求和"。求和当然是需要条件的，1895年4月17日，在可怜巴巴地四处"乞求"之后，李鸿章终于代表清政府与日方签下了《马关条约》。

《马关条约》共十一款，其主要内容是这样的：承认日本对朝鲜的控制；中国割让辽东半岛、台湾全岛及附属岛屿和澎湖列岛给日本；赔偿日本军费白银两亿两；开重庆、沙市、苏州、杭州为通商口岸，日本轮船可以驶入以上各口；日本臣民可在中国通商口岸设立工厂，产品运销中国内地时按进口货纳税，并准予在内地设栈寄存……

如果没有走出福州，没有结识高层人士，没有身临京城，林旭也许对这些丧权之痛、辱国之耻并没有太多切身的感受，可是现在，一切都不一样了。在国难当头时，机缘巧合，让他恰好身陷政治中心地带，一腔热血顿时被点燃，满腹愤恨倾盆而出。

敏感的知识分子往往最容易将个人命运与国家命运联系起来，他们没有枪，但有满腹经纶和澎湃激情。在《马关条约》签订半个月后，"公车上书"发生了。

所谓"公车"，就是举人的意思。汉代以察举和征召的办法取士，被征召的士子用公家的车子接送，称为"公车"。后来，入京参加会试的举人也被称为"公车"。

那期间，举人从各地进京应试，本来一心只想谋功名，可是中华民族到了这么危险的时刻，国将不国了，他们只好从书斋中走出，以羸弱单薄之躯迎上去。

位于宣武门外的达智桥松筠庵成了集会的场所，他们决定上书光绪皇帝，希望这个一国之君能够睁大眼看清险恶的时势真相：割让辽东和台湾，是列强瓜分中国的信号，亡国大祸已经近在眼前了，再不清醒，再一味退让，只有死路一条啊！这封洋洋洒洒的万言书由康有为起草，一千三百多位举人愤然在上面签下了自己的名字，这其中就包括林旭。

这是个开始，林旭的手本来握住的只是一支写诗作词的笔，现在，他的笔墨连同一腔鲜血，要毫无保留地泼洒向另一个更为宏大、壮烈、危机四伏的领域了。

甲午战争中，其实清政府内部也一直存在"主战"与"主和"之争。光绪十五年，即 1889 年，光绪帝终于亲政，但实权仍然控制在宣布"撤帘归政"的慈禧太后手中，这自然引起光绪帝的不满。于是，当时朝廷上下的官僚为了自身利益，分别依附于光绪帝与慈禧太后，形成所谓的帝党与后党。主战的是帝党，代表人物是光绪帝的老师翁同龢；主和的是后党，代表人物是李鸿章。主战派虽得到皇帝的支持，但该皇帝境况特别，他无实权无军权，傀儡而已。后党则掌控外交和军政大权。优劣一目了然。

但是惯性使很多人仍然把扭转乾坤的期望寄予他们的"万岁爷"。

康有为是最积极的一员。1885 年，中法战争失败后，年仅二十七岁的康有为就利用在京参加天顺乡试的机会，第一次上书皇帝，写下了五千多字，呼请变法图强。但是，这些饱蘸忧国忧民之心的文字根本没有抵达皇帝手中，反而惹出麻烦：本来他已考中进士，在发榜前夕，顽固派大臣徐桐把他的名字取消了。

1895年5月2日"公车上书"后不久，康有为终于中进士，授工部主事。6月3日，他又一次上书，陈述了自强雪耻和富国强兵之策，作为"公车上书"的补充。二十几天后，他一鼓作气再次上书，反复宣扬变法势在必行的道理。算他运气好，后面的两次上书都没白写，光绪帝看到了，认为不错，心生一念：或许真能挽救清朝的统治危机？于是命人誊抄后分送西太后、军机处和各省督抚。而翁同龢则亲自拜访康有为，不计卑尊地与他商讨变法之事。自此，以康有为、梁启超为首的资产阶级改良派与帝党结合了起来。

这一年9月，在康有为、梁启超的帮助下，由帝党官僚、侍读学士文廷式出面组织强学会，该会每十天集会一次，每次都有人做关于"中国自强之学"和挽救民族危亡道埋的演说，吸引了许多高官名士加入。两江总督张之洞、直隶总督王文韶等人各捐五千元以充会费，道员袁世凯也捐五百元入会。

林旭没有入会，不知是因为资格不够还是因为年纪太轻，但他却仍然积极参与活动，忙碌奔走其间。

没有料到，强学会让顽固势力既恨且怕，后党要员荣禄、刚毅等人群起围攻，大学士徐桐则再次与康有为过不去：弹劾他谋反。北京形势太恶劣了，康有为不得不在 10 月离京避往上海。但他仍然未歇下来，很快在上海也成立了强学会，并且出版《强学报》宣传变法。事情越闹越大了。

林旭是 1897 年到上海的。他的同乡、曾任台湾布政司使的陈季同在甲午战败、割让台湾以后，寓居沪上，与其弟陈寿彭一起创办了一份以"不著论议，以符实事求是"为主旨的报纸：《求是报》。林旭来上海显然与这份报纸的筹办有关，但他却没有留下来继续参与，主编由另一位福建同乡陈衍担任。

这时的上海已经成为北京之后第二个维新变法的中心，林旭在其中呼吸到一股股新鲜的空气，他已经完全放弃"向习词章"的抱负，而转向西学了。康有为所有政治论著被他通读一遍，那些字里行间跳跃的忧愤与抱负，像一枚枚火炬把林旭内心彻底点燃了。他因"慕之"而谒拜康有为，并且"闻所论政教宗旨，大心折，遂受业焉"，成为入室弟子。

1898 年 1 月 22 日，林旭替康有为宣扬的"三世说"和"大同""小康"学说的《春秋董氏学》作了跋。5 月 1 日，该跋文在上海《知新报》上登出，以凌厉与雄浑引起朝野轰动。

甲午战争的失败，使中国在西方列强眼里成为不过如此的黔之驴，于是瓜分中国的丑剧疯狂上演。1897 年 11 月，德国借口其传教士在山东巨野被杀事件，派军舰强行占领了胶州湾。不仅暗夺，都已经无耻到赤裸裸地明抢的地步了。康有为倡议各省志士组织学会以振励士气。林旭因此再赴北京，遍访在京的闽籍人士。1898 年 1 月 31 日与张亨嘉一起，在福建会馆共同主持成立了闽学会。林旭成了闽学会的实际领袖。两个多月后，康有为也北上，与梁启超一起，把在京各省学会组织成统一的团体，即以"保国、保教、保种"为宗旨的保国会，林旭被推选为董事，列保国会题名第四位。

这一年 5 月，康有为、梁启超借德国兵损毁山东即墨县孔庙事件被揭露出来之机，策动了第二次"公车上书"行动。林旭立即动员三百六十五名福建籍人士，率先响应，上书要求惩办凶手和赔偿损失。

林旭太活跃，目标太大了。老成持重的陈衍不免替他担心，极力劝说他暂时南下杭州避避风头。林旭去了杭州，但很快又返京，因为那期间恰逢恭亲王奕䜣病死，变法的阻力大减，光绪帝于 6 月 11 日颁布了"明定国是"诏书，宣布变法。同时谕令举荐人才。林旭闻讯欣喜万分地踏上进京之路。时任湖广总督的张之洞、湖南巡抚陈宝箴和直隶总督荣禄都向林旭发出邀请，希望将他归入门下。

林旭进了直隶总督荣禄的幕僚。荣禄曾在福建任职，对福建人印象不错，也早风闻过林旭的才能，他把这个年轻才俊召来，多少有点笼络的意思。

6月16日，光绪帝第一次召见了康有为，两人进行了两个多小时的长谈。康有为滔滔不绝地陈述了变法的原因、步骤与具体建议，一句一句都让光绪叹服。本来光绪是想委康有为以重任，但因怕树大招风——招来慈禧太后的反对，只让康有为先在总理衙门章京上行走。而梁启超则被赏六品卿衔，办理译书局事务。

8月29日，林旭经曾任福建学政的詹事府少詹事王锡蕃的举荐，也被光绪帝召见了。

在福州的十六七年中，林旭一直只说福州话。沈瑜庆把他带往南京后，他才笨嘴笨舌地学"官话"。语言成了一大障碍，光绪帝根本听不懂他说了什么，却又很想知道这个名声在外的年轻人都有什么好点子，便特许他将奏对之言誊写出来。这是一场非常特别的君臣对话，如果不是"臣"之所言正是"君"极感兴趣极愿倾听的，料想光绪根本不会有耐心将这么吃力的交谈持续下去。

林旭说了什么呢？他说的内容同样围绕着救国图强，其言辞之慷慨，其壮怀之激扬都获得光绪帝的高度赏识。几天后，即9月5日，林旭和内阁候补郎杨锐、刑部候补主事刘光第、江苏候知府谭嗣同一起，被授予四品卿衔充军机处章京。

军机处是皇帝办公的辅佐机构，起上传下达沟通上下的作用。章京原来只是干秘书的活儿，俗称"小军机"。那些军机大臣多是后党之人，光绪帝既指挥不动，也无权撤换，只好弄来四个"小军机"参与新政。职位不高，权力却不小。军机处内，凡有奏章，都经这四人阅览；凡有上谕，都由四人拟稿。

林旭必定渴望一展才华。那期间他"陈奏甚多"，常代拟"上谕"，因而颇受器重。从宣布"明定国是"到光绪被囚，总共一百零三天的维新变法中，军机处共发出新政谕令一百一十多道，其内容主要有：废八股、改科举、设学堂、习西学、派人出国游学、奖励发明创造、提倡创办报刊和上书言事、鼓励开采矿产和修筑铁路、保护农工商利益、改革财政等等。很好，是一帖帖治疗灾难深重的中国的良药。

可是形势却不好。在变法开始的第四天，即 6 月 15 日，慈禧太后就逼光绪在一天之内连下三道"上谕"：第一是免去翁同龢军机大臣、总理衙门大臣等职，驱逐回籍，借以孤立光绪；第二是规定二品以上新授任的官员，须到皇太后面前谢恩，以此控制用人大权，以堵塞光绪破格任用维新人士的渠道；第三是任命大学士荣禄为直隶总督统率北洋三军，控制着京畿兵权。

没有兵权确实太被动了，康有为此时想到袁世凯。此人先前曾加入强学会，而且还掏过钱，态度积极。调天津小站编练新军后，已经握有一支七千多人的新式武装。康有为天真地认为"可救上者，只此一人"，便专折向光绪推荐。

9 月 16 日，光绪召见袁世凯，赏以侍郎衔，专办练兵事宜。第二天再召见，面谕袁世凯以后可以与荣禄互不掣肘。不料袁世凯转身就去向荣禄汇报此事。后党大惊，立即调重兵布防。

其实在 9 月 14 日时，光绪已经感到大事不好，他写了一道密诏让杨锐带给康有为，内容是："今朕位几不保，汝康有为、杨锐、林旭、谭嗣同、刘光第等，可妥速密筹，设法相救。朕十分焦灼，不胜企望之至。"杨锐看过这封诏后大惊失色，慌乱无措间竟把密诏放在手中整整扣压了四天，然后才交出去，不是直接交给康有为，而是交给林旭。

9月17日，没有收到康有为复命的光绪心急如焚地又写了一道密诏："朕今命汝督办官报，实有不得已之苦衷，非楮墨所能罄也。汝可迅速出外，不可迟延。汝一片忠爱热肠，朕所深悉。其爱惜身体，善自调摄，将来更效驰驱，共建大业，朕有厚望焉。"这一次，光绪没有把密诏再交杨锐，而是交给了林旭。

两封密诏在手，身处何种境况已经尽知。林旭怎么办？他没有选择逃避，而是在第二天冒着危险将两封密诏一起送达康有为手中。康有为与梁启超、谭嗣同等人商议后，由谭嗣同当夜只身密访袁世凯，劝他杀荣禄，除旧党，发兵围颐和园，劫持西太后。

这是一招险棋，一切都维系于袁世凯一身。袁世凯当即表示效忠，还假模假样地设计了一套诛杀荣禄的方案，20日却马上向荣禄禀报。结果可想而知。第二天光绪被囚南海瀛台，同时慈禧太后下令捉拿维新派与帝党人员，历时一百零三天的维新变法失败了。

康有为没有被捉，9月20日他在英国公使的帮助下，乘船逃往香港。梁启超也没有被捉，他在日本使馆的帮助下乘日舰逃往日本。剩下的，谭嗣同被抓，林旭被抓，杨锐、刘光第以及御史杨深秀和康有为的胞弟康广仁等人都被抓。一个星期后，这六人未经审讯，就被押到北京宣武门外菜市口斩了。他们当中，谭嗣同33岁，杨深秀49岁，杨锐41岁，刘光第39岁，康广仁31岁，林旭最年轻，只有23岁。

临刑前，林旭仰天长啸："君子死，正义尽！"然后大笑，声若洪钟。他就这样死了，生命永远定格在郁郁葱葱的青春期，有着永远的"翠"。

沈鹊应痛不欲生，结婚七年，他们恩爱有加，却还未生育一子半女，生活的图像似乎还未真正展开，猛然间，林旭却撒手而去了。

"报国志难酬，碧血谁收？箧中遗稿自千秋。肠断招魂魂不到，云暗江头。绣佛旧妆楼，我已君休，万千遗恨更何尤！拼得眼中无尽泪，共水长流。"（《水调歌头》）

"旧时月色穿帘幕，那堪镜里颜非昨？掩镜检诗，泪痕沾素衣。明灯空照影，幽恨无人省；展转梦难成，漏残天又明。"（《菩萨蛮》）

这一首首泣血写下的词，从飘着苍白的招魂幌的闺中接连流出，传诵一时，让沈鹊应的才情有机会露出冰山一角。可是，这对于她来说又有什么意义？有谁又能真正读懂她汪洋于字里行间的漫天悲痛与无奈？

林旭被一截两断的尸体，由沈鹊应的表兄、"商务四老"之一的李拔可带着林家仆人到菜市口收拾起来，经缝合后运回福州。可是按福州风俗却进不了巷子进不了家门，灵柩只能寄藏在金鸡山麓的地藏寺里。当地的保守派因为恨变法，所以也恨林旭，就是一具僵硬的尸体也不肯放过，竟用铁钎在火中烧红，然后将棺材捅穿。

这是给沈鹊应的最后一击，她那一颗凄风无边苦雨飘摇的心也彻底被捅穿了。"伊何人，我何人，只凭六礼传成，惹得今朝烦恼；生不见，死不见，但愿三生有幸，再结来世姻缘"，亲撰了献给林旭的这个挽联之后，她饮恨自尽。

关于她的死有两种说法：一是服毒，二是跳楼。这个风华绝代的名门闺秀，当初遵父亲之命嫁给自己原本并不熟悉的男人，然后一路为他担惊受怕、揪心牵挂，她左右不了他，也左右不了自己的命运，最终能够左右的，只有自己弱不禁风的躯体，殉情成了她唯一的选择。死后她和林旭一起合葬在福州崎下山。

郎官巷那几间如今已经用钢筋水泥建起的简陋建筑群中，可以找到林旭故居的遗址。遗址上是一家摆满流行歌星 CD 碟片的音像店。爱来爱去的歌终日缠绵地响着，地下的林旭和沈鹊应可否听见？

（原载《红豆》2007 年第 5 期）

13

八国联军袭来前后

◎王彬彬

　　义和拳起自山东，本来是民间邪教一类组织。如果官府厉行弹压，应该也成不了大气候。但因为权贵阶层中一些人将其作为排外的工具，终于酿成奇祸。李剑农在《中国近百年政治史（1840—1926）》中说，企图借助义和拳抵抗、消灭洋人者，最初是李秉衡、毓贤；继而有廷雍、裕禄；最后是刚毅、载漪而达于西太后。光绪乙未年（1895），李秉衡任山东巡抚，山东有大刀会仇视西方宗教，李秉衡便很奖许他们。后来，大刀会杀了两名德国传教士，这也是德国占据胶州湾的起因。德国政府并且要求清廷将李秉衡革职。李离任后，继任山东巡抚者是张汝梅。1899年春，张汝梅离任，毓贤继之。毓贤此前曾任山东曹州知府、山东藩司，本就是李秉衡的亲信；在对待洋人和对待大刀会、义和拳这类极端仇洋的民间组织的态度上，毓贤与李秉衡完全一致。当了巡抚后，毓贤继承李秉衡的做法，对这类组织劝勉奖励。朱红灯们自称"义和拳"，毓贤则以官府名义贴出告示，改称为"义和团"。所以，"义和团"这称号，实际出自当时的山东巡抚毓贤之口。既然受到巡抚衙门这般宠爱，朱红灯们便"树毓字旗，杀教民，焚教堂"。杀传教士，杀中国信洋教者，焚毁教堂，自然引起西方驻华使节的关注。法国公使向清廷责问，清廷便召毓贤入京，而以袁世凯代之。在对待义和团的问题上，袁世凯与李秉衡、毓贤态度截然相反，厉行剿灭。于是，团首朱红灯被官府捕杀，而山东的拳众则逃往直隶（河北）去了。可以说，义和团之所以终成燎原之势，首先要归因于李秉衡、毓贤在山东巡抚任上时的鼓励、纵容、诱掖奖劝。1900年二三月间，拳乱便在直隶蔓延。当时的直隶吴桥县令劳乃宣（后撰《义和拳教门源流考》《拳案杂存》《庚子奉禁义和拳汇录》等）在自己的治内严禁义和团的传习，并上书直隶总督裕禄，建议对义和团采取厉禁政策。裕禄将劳乃宣的信交给臬司廷雍和藩司廷杰处置。廷杰嫌烦而置之不理。廷雍则早与拳党声息相通、联为一气。于是，劳乃宣的忧心如焚，便无人理睬。很快，总督裕禄也赞许、支持拳团。这样，到了三四月间，拳乱便蔓延直隶各县了。李剑农指出，拳乱在直隶的发生、发展，首先是因为廷雍、裕禄的同情、宽纵和勉励。如果说拳团如野火，从山东烧到直隶后，作为地方政要和封疆大吏的廷雍、裕禄，则使劲地往这野火上浇油。

毓贤从山东到北京后，在端王载漪（其子溥儁已立为皇储）、大学士刚毅等人面前极尽称颂义和团之能事。他向载漪、刚毅等人保证：义和团十分忠勇可靠，完全能够赖以剿灭洋人，一吐长期受列强欺侮之怨气。载漪、刚毅闻言欢喜异常，立即将喜讯禀告西太后。西太后听了自然万分兴奋，而毓贤也因此得授山西巡抚。受到廷雍、裕禄宠信的拳团此时已经在直隶各处大肆杀教民、焚教堂、毁铁路了。西太后此时还能严下谕旨，严令拿办胡作非为的拳团，但一面又派刚毅和刑部尚书赵舒翘等下去了解拳团实情。据李剑农的说法，赵舒翘实地考察后，明白拳团不过是游民痞棍，完全不足信托。但他同时明白西太后内心是希望拳团果如毓贤所言的，于是便像西太后所希望的那样禀告了西太后：义和团果真是忠勇可靠的义民。至于刚毅，西太后本来就是听了载漪和他的报告，才知道拳团忠勇可靠。奉旨考察后，刚毅当然不会否定先前的说法。刚毅不但仍然在西太后面前极力赞美义和团，还和载漪一起，主动邀请义和团进入北京，这便是义和团在1900年6月蝗虫般涌进北京的原因。[①]

义和团开始进京后，西太后慈禧短时间内召开了四次御前会议，讨论如何对待义和团。结果，反对借助义和团排外、认为义和团不过乌合之众者，都招来杀身之祸。西太后决定依靠义和团一举打垮列强，将洋人彻底赶出中国，于是，以朝廷的名义下达宣战诏书，同时向英、美、法、德、日、俄等十一国宣战。为了鼓励义和团奋勇抗敌，西太后称之为"义民"，并"颁赏义和团

---

① 李剑农：《中国近百年政治史（1840—1926）》，复旦大学出版社，2007年版，第68页。

银十万两"。①受到西太后的奖赏、激励，义和团于是在北京大大地干了一场。

西太后慈禧本来是希望义和团能抵御、消灭列强派来的军队的。但实际上，义和团根本谈不上与八国联军对抗。美国学者柯文在《历史三调：作为事件、经历和神话的义和团》一书中说："8月14日，联军进入北京城。到了这时，大多数义和团抛弃武器，脱掉能表明身份的红色（或黄色）服装，回到了老百姓中间。8月15日清晨，慈禧太后、光绪皇帝及朝中一大批大臣化装成老百姓，在军队的武装护卫下向西踏上了逃亡之路。"②柯文说联军进城后，义和团便改装易服而溃散。实际上，真实的情况是，联军尚未进城，只是风闻即将袭来，绝大多数"义民"便逃之夭夭了。

<hr>

① 中国社会科学院近代史研究所编：《庚子记事》，知识产权出版社，2013年版，第11页。
② ［美］柯文：《历史三调：作为事件、经历和神话的义和团》，杜维东译，社会科学文献出版社，2015年版，第58页。

二

义和团进京后，主要干两件事，一是烧，一是杀。烧，首先是烧教堂和教民之家，其次是烧卖洋货的店铺。至于杀，首先是杀洋人，其次是杀信奉洋教的中国人，甚至仅仅使用洋货者，也在劫难逃。这两件事，有时又是一件事，因为烧往往就同时是杀。

中国社会科学院近代史研究所《近代史资料》编译室主编之"近代史资料专刊"《庚子记事》，收录了仲芳氏所著《庚子记事》、杨典诰所著《庚子大事记》、华学澜所著《庚子日记》等史料。据"编者按"，仲芳氏所著《庚子记事》，原稿本分上、下两册，上册题名《庚子五月义和团进京逐日见闻记略》，从庚子五月起，讫于七月二十日，记述义和团运动中的北京情形；下册题名《洋兵进京逐日见闻记略》，起于七月二十一日，讫于辛丑年（1901）十一月二十八日，记述八国联军入侵后北京情形。据原稿序知成书于辛丑年十二月。作者字仲芳，居于宣武门外椿树胡同二巷，真实姓名不详。书中日期当然都是阴历。仲芳氏在上册中说，五月十五日，"义和团纷纷进城"。这一天，仲芳氏亲见大队义和团进城便有十数起。这一天，仲芳氏目睹了义和团团民烧杀南西门内姚家井信奉洋教的吕姓全家。义和团并非胡乱烧杀，其行动过程有很强的仪式感。据仲芳氏所见，点火前，众团民面向东南，躬身而口诵咒语，这是在请神灵附身，名曰"上法"。"上法"之后，团民立即形色改变，拧眉瞪目，声音喘呼，作万分愤怒状。这时候，他们已经不是原来的他们，而成了那请来附体的神，关云长、张翼德、岳飞、孙悟空、猪八戒等。这样还不能马上放火，还要手执宝剑或手掐剑诀，向前后左右非教民之家四面指画，说这样便把火路封住了，不会延烧到并不信洋教的无辜人家。这样把火路封住后，也还不能马上放火。这时候，团众每人举着一股点燃的高香，在决定焚烧的房屋前一齐跪下，周围若有看热闹者，也须同样跪下，如果不跪，那就是信洋教的"二毛子"，在杀戮之列，故无人敢不跪。跪下的团众手举香火，叩头碰地，口中念念有词，似念咒语，然后一齐将手中之香向房内抛掷，于是立即燃起大火。火起后，拳团不许人扑救，必待其燃尽自息方休，如有扑救者，即是信洋教者的同党，立即捕获处死。拳团称信奉洋教者为"二毛子"，"哄言在教之人，头顶皮内暗有十字，团民一望即知，视如杀父深仇，众团民枪刀齐下，即时杀毙，无人敢为掩埋，竟为猪犬所食，惨不可言"[1]。

仲芳氏说，五月十七日，义和团将西城根魏姓信洋教者房二所、数十间焚烧，"擒杀男妇数人"。又把八面槽、双旗杆等处的教堂、西医院、讲经堂烧掉。到夜间，团众手持点燃的高香，"百十成群在各胡同喊嚷"，命令家家必须向东南方烧香，特别禁止向街上泼倒脏水，说这样便亵渎了神路。又哄传各家不准存留外国洋货，无论巨细，都须自行砸抛，如违抗义和团命令，存留洋货，一经搜出，则视同"二毛子"，房烧毁，人杀毙。其时的北京人民，谁家没点洋货，弃之可惜，留又不敢，于是人人不安，家家惶恐，整个北京城当然都陷入恐怖之中。[2]

庚子年五月二十日，义和团焚烧北京前门外大栅栏老德记大药房。这是一家老字号的西药房，属"洋货"之列。义和团在北京的几月间，放了无数把火，前门外大栅栏的这场火烧得特别有气势，因而也属特别著名者。拳团放火前，要用宝剑指指画

<hr />

[1] 中国社会科学院近代史研究所编：《庚子记事》，知识产权出版社，2013年版，第4页。

[2] 中国社会科学院近代史研究所编：《庚子记事》，知识产权出版社，2013年版，第5页。

画，封住火路，不令殃及无辜。这当然是扯淡。如果大火真的听从了命令，那一定是事先做了手脚。反正阴历五月二十日前门外大栅栏的这场火，没有听从拳团命令。大火从老德记大药房向别处延烧，先是由大药房延及庆和园戏楼、齐家胡同、观音寺、杨梅竹斜街、煤市街、煤市桥、纸巷子、廊房头条、廊房二条、廊房三条、门框胡同、镐家胡同、三府菜园、排子胡同、珠宝市、粮食店、西河沿、前门大街、前门桥头、前门正门箭楼、东荷包巷、西荷包巷、西月墙、西城根。火又由城墙烧入城内，延烧东交民巷西口牌楼，并附近铺户数家。这场火，从五月二十日清晨烧起，烧到次日天亮方息，整整烧了一天一夜。按地面官保甲牌，约略烧毁铺户一千八百余家，大小房屋七千余间。幸而火起于白昼，人还能够逃脱，伤人不多。义和团在老德记点火时，喝令四邻焚香叩首，不可惊乱。大火烧及别处时，团众又不准扑救，仍令各家焚香，声言可保无虞，无须自生慌乱。等到大火在邻近铺户烈焰腾空、不可挽救时，放火和不准救火之团众，已趁乱逃遁。如果拳团不禁止四邻抢救财物，那在老德记药房火起时，相邻各铺户还可把比较值钱之货物抢挪到安全处。无奈拳团保证没事、不准抢挪，只好眼睁睁看着家中财物化为灰烬。仲芳氏写道："计其所烧之地，凡天下各国，中华各省，金银珠宝、古玩玉器、绸缎估衣、钟表玩物、饭庄饭馆、烟馆戏园无不毕集其中。京师之精华，尽在于此；热闹繁华，莫过于此。今遭此奇灾，一旦而尽。"①

杨典诰的《庚子大事记》，记叙了庚子二月至七月三十日的京城情形，日期当然也是阴历。杨典诰也以较多篇幅记述了五月二十日起自前门外大栅栏老德记大药房的那场大火。又说，自五月十六日始，京师城内两翼地面，城外五城地面，所有教堂和教民住户房产，焚毁殆尽。每天都有教民被杀。很耐人寻味的，是这样的叙述：

　　且有自投罗网者，常见奉教妇女途行时，遇义和团即跪下，率被拉去斩之。②

义和团浩浩荡荡开进北京后，北京人民家有洋货者，哪怕只

---

　　① 中国社会科学院近代史研究所编：《庚子记事》，知识产权出版社，2013 年版，第 6–7 页。
　　② 中国社会科学院近代史研究所编：《庚子记事》，知识产权出版社，2013 年版，第 6–7 页。

有一枚洋钉，都可能遭殃。杨典诰在《庚子大事记》中记述道：
"自教堂教产烧毕后，所有城内外凡沾洋字各铺所储洋货，尽行毁坏，或令贫民掠取一空。并令住户人等，不得收藏洋货，燃点洋灯。于是家家将煤油或箱或桶泼之于街。又传言杀尽教民后，将读洋书之学生，一律除去。于是学生仓皇失措，所有藏洋书之家，悉将书付之一炬。"①

而义和团鉴别一个人是否是信奉洋教的"二毛子"的方式，是焚烧一张黄表纸，如果纸灰上升，则不是"二毛子"；如果纸灰不起，则是"二毛子"，必死无疑。而纸灰是否上升，取决于纸的质地和焚烧时的天气。一个并非教民的人，被认定为"二毛子"从而死于乱刀之下的概率太大了，所以人人都有理由恐怖。只要是"二毛子"，便必须惨死，这没有任何商量的余地。那些本身确头是"二毛子"的人，内心的恐惧就更为强烈了，女性一般恐惧更甚。女性洋教徒，见了义和团，不待盘查、鞠讯，就主动跪下，那是内心巨大的恐惧使她们不由自主地有了如此举动。

义和团杀人，并非简单处死了事。包士杰所辑的《拳时北堂

---

① 中国社会科学院近代史研究所编：《庚子记事》，知识产权出版社，2013年版，第76页。

围困》中说，义和团进京后，老少扯旗，旗帜上都是"替天行道，保清灭洋"等语。对天主教和耶稣教徒都不放过，"俱以乱刀剁之，后又开膛，其心肝五脏俱同猪羊一样，尸身任其暴露，犬鸟啃吃，目不忍观。天桥坛根一带尸横遍野，血肉模糊"①。

义和团立誓灭洋。然北京洋人寥寥可数，而天下洋人无穷无尽，倘若列强遣兵来华，如何应对？有人曾就此问题与义和团有过一番对话：

或问义和团既系与国除害，洵为义举，自必杀尽洋人教民，烧尽教堂洋楼而后已。然在京居住之洋人有限，各埠各国之洋人无穷，倘各国调兵前来报复，为之奈何。团民答云："不妨，京中之洋人与二毛子指日就可灭绝，然后先至天津、上海烧尽洋房，杀净洋人。再分队驰赴各国扫平巢穴。直待九月间，便可斩草除根，天下太平矣。若恐洋人调兵来京，更不足虑。洋兵航海而来，必坐轮船，只须大师兄向海中念咒，用手一指，兵船不能前进，即在海中自焚，有何惧哉。若由旱路而来，避住彼之枪

① 中国社会科学院近代史研究所编：《庚子记事》，知识产权出版社，2013年版，第629页。

炮，众团一拥齐上，手到擒来，更不足虑矣。"[1]

三

义和团杀洋人、烧教堂、毁铁路，当然会引起列强的注意和干预。于是，各国军队组成的联军在天津大沽海面集结。当时的俄国《新边疆报》记者德米特里·扬契维茨基，作为随军记者，参与了八国联军进军中国的全过程，后来写了《八国联军目击记》。八国联军首先攻陷天津的大沽炮台，然后攻占天津，再由天津进入北京。

扬契维茨基在《八国联军目击记》中记述了联军攻打大沽炮台的情形：

所有军舰都烧好了蒸汽，大炮都装上了炮弹……

新炮台上闪了一下火光。大炮轰隆一声，炮弹隆隆掠过"基立亚克人"号上空。各个炮台火光迸发。一发发炮弹接连不断掠

---

① 中国社会科学院近代史研究所编：《庚子记事》，知识产权出版社，2013 年版，第 8 页。

过军舰上空。我方的军舰发出作战警报。"海狸"号首先发出警报，接着，"基立亚克人"号、"朝鲜人"号和"阿尔杰林"号也发出火光信号回答。

从"基立亚克人"号到最近的西北炮台的距离为七百俄丈，距最远的新炮台为一千二百俄丈。一批炮弹非常准确地飞过各军舰上空，但没有一艘挨揍。这可以认为是：中国大炮对准的是海水满潮时的军舰，而在战斗开始时刚好碰到退潮，军舰的位置低下去了，因而炮弹越过了目标。①

原来，联军的军舰早就停泊在大沽海面。双方有过谈判。联军希望中国方面主动交出炮台，这样可避免战斗。在谈判期间，炮台的炮口当然已然瞄准联军的舰只。如果此时开炮，可能发发命中。但等到谈判破裂，炮战开始，海上已退潮，而岸上并没有调整瞄准角度，仍然朝着原来的目标位置开炮，也就只能"准确"地穿过敌舰上空，而无一命中敌舰了。

联军占领天津后，战地记者扬契维茨基在街头漫步。他看

---

① ［俄］德米特里·扬契维茨基：《八国联军目击记》，福建人民出版社，1983年版，第150–151页。

见，中国平民的房屋被圆形炮弹打穿，屋顶、墙壁和围墙上都是榴霰弹爆炸造成的洞眼。一路上都可看到死于炮弹片或子弹的平民的尸体，"没有人来收尸，只有苍蝇、狗和猪来光顾他们"。扬契维茨基记述道："中国人在我走过的时候弯腰鞠躬并出示用麻布或白纸做的白旗。"扬契维茨基看到，所有的房子上都悬挂着白旗，而大部分白旗中间有个红色圆心，这是日本的太阳旗。一般的全白的旗子上，用毛笔写着两个字："顺民。"而太阳旗上则写着："大日本顺民。"扬契维茨基认为，中国人之所以大多数悬挂日本的太阳旗，有两个原因：一是数年前的中日战争"引起的对日本的恐惧是极大的"；另一个原因，是日本人早就准备好了大量国旗，在天津，每占领一个街坊，便立即将日本国旗发给民众。①所谓数年前的中日战争，是指中日甲午海战了。说因为五年前中国在海上败给日本，所以八国联军入侵后，天津人民争挂日本太阳旗，当然也说得通，但我以为，天津人多挂太阳旗，主要还是因为联军中的日本军队事先准备了数量充足的太阳旗，进入天津后便到处发放。于此亦可见日本人的心思有多么细密。

---

① ［俄］德米特里·扬契维茨基：《八国联军目击记》，福建人民出版社，1983年版，第243页。

中国人的有关著述，也写到了八国联军进占天津后的情形。天津义和团有两大首领，一是曹福田，一是张德成。张德成本是一船夫。刘孟扬在《天津拳匪变乱纪事》中说，义和团运动兴起后，张德成在静海县独流镇设坛，成为拳众领袖。后率众进入天津，"气焰颇盛，称天下第一团。张谓城内有奸细，随即焚烧民房数处，谕众人曰：'吾在城内安坛，管保城内平安，永不见炮弹。'于是馈送大饼者，不乏其人"①。联军进占天津后，"日本军据东城，招津民各携白旗，前往签字，有写大日本西顾人者。亦有写大日本帝国户人者。亦有写顺民良民者。由是各家门首，皆插白旗，行人亦各持白旗焉。各街口皆有洋兵把守，华民身无兵器无红布者，随便行走，绝不伤害。北浮桥口，大德福米铺被抢，抬米扛面者、络绎于途。乐壶洞内各铺，亦陆续被抢，洋人并不拦阻，若一慌跑，即开枪轰击，有被击死者，裕禄及道府县皆逃走，唯看守银钱所李竟成未逃，匪首张德成，持顺民旗出北门而逃，庞某挑水箭一对而遁，其余各匪首亦易装而逃"②。联军

① 中国近代史资料丛刊《义和团》（二），上海人民出版社、上海书店出版社，2000年版，第26页。

② 中国近代史资料丛刊《义和团》（二），上海人民出版社、上海书店出版社，2000年版，第41—42页。

进占天津后，许多店铺被抢。抢劫者是中国人，并非联军，联军只是不加阻拦而已。而"天下第一团"团主张德成，则手持顺民旗出北门逃遁，其余各首领也换下义和团"团服"，仓皇逃窜了。

张德成从天津逃脱后，并未金盆洗手，而是召集旧部，仍旧横行乡里。"每率众拳匪向各号讹索银钱。"张德成向商号勒索银钱，并非小数，或数百两，或数千两不等。商号如若不从，则被指为奸细，必遭"焚杀抢掠"。每到一处，必令该处居民以八抬大轿迎接。某日，张德成窜至一个叫王家口的地方。王家口乃一小村镇，并无巨绅显宦。关帝庙里有用来抬关帝像出巡之绿轿，村民便用以抬张德成。而张"即以关帝庙为行台，踞坐其中，而谕众绅商勒派银钱粮米。乃竟触动该处公愤，齐将张德成设谋杀戮，洋枪刀械，并用兼施，尸体尽碎，闻者快之。而崇信拳匪者犹曰，张老师未死，用分身法走矣"[①]。王家口人之所以敢于将"天下第一团"的团主杀戮并碎尸，当然因为知道义和团气数已尽，当义和团正鼎盛时，是决不敢的。

联军进占天津后，义和团团众，有的逃走了；有的则留下，

---

① 中国近代史资料丛刊《义和团》（二），上海人民出版社、上海书店出版社，2000年版，第50页。

摇身一变，成了洋人的奴仆、打手。刘孟扬在《天津拳匪变乱纪事》中说：

> 天津所设之华巡捕，内有曾充拳匪者甚多，从前仇视洋人，此刻又乐为之用，殊属可笑。[①]

联军要维持天津秩序，必须以华人为巡捕。而许多本来万分仇视洋人、以灭绝洋人为职志的义和团团民，又应洋人之招而当上巡捕，充当洋人治理天津的工具。

还有人从联军那里赚点小钱。进占天津的联军，"日美兵最平和"，而德法俄三国兵则奸污妇女、抢掠财物：

> 其所得衣服珍贵物，悉以置城头，而贫民觑之，群搜鸡子酒肉等与易，有因而获利者，贫民无耻，良可恨人。[②]

---

① 中国近代史资料丛刊《义和团》（二），上海人民出版社、上海书店出版社，2000 年版，第 55 页。
② 中国近代史资料丛刊《义和团》（二），上海人民出版社、上海书店出版社，2000 年版，第 70 页。

用鸡鸭酒肉换洋兵从同胞那里抢来的"衣服珍贵物",当然有赚头。洋兵毕竟不懂得中国的"衣服珍贵物"的价值。

四

联军的目的地是北京。

扬契维茨基在《八国联军目击记》中说:"在一九〇〇年直隶战役的整个期间,从围攻天津直至攻打北京,俄军和日军始终是作战的主力军,他们为这支联军远征队伍挑起了整副重担,掌握了作战行动的统筹与指挥的大局,并以其战绩决定了这支远征军的战果。"[1] 又说:"北京是由两个忠实的盟军——俄军和日军,用血汗攻克下来的。"[2] 这让我们知道,在 1900 年的那场列强欺侮中国的行动中,俄国和日本两个国家起了主要作用。联军进入北京,于是:"朝廷和人民逃离京都,显得如此慌张,如此意外,如此混乱,甚至他们只顾逃命,不顾钱财了。富家和穷家,宫廷

---

①［俄］德米特里·扬契维茨基:《八国联军目击记》,福建人民出版社,1983 年版,第 285 页。
②［俄］德米特里·扬契维茨基:《八国联军目击记》,福建人民出版社,1983 年版,第 332 页。

和衙门，商店和庙宇，所有这一切，连同他们的财物：白银、衣料、丝绸和毛皮、珍珠和名贵花瓶，全部都被抛弃。宫廷匆忙出逃，连路上吃的东西、坐的轿子、穿的衣服都没有带足。据闻，宫廷向西逃往陕西省，途中颇受饥寒之苦，因为沿途城乡居民听说朝廷逃跑了，所以也纷纷逃亡。"[1]

这是随军记者扬契维茨基的观察。这个外国记者看到的其实还是表面现象。

扬契维茨基说："从天津到北京，距离一百二十俄里，行军十天，沿途发生两次战斗，一次在北仓，一次在杨村。"[2]这说明一路走得很顺利，并未遇上强劲的阻拦。在北仓也好，在杨村也好，联军都是与中国的正规军作战。那漫山遍野的义和团并没有来消灭找上门来的洋人。

扬契维茨基没有看到的是，麇集在北京的义和团，在风闻洋兵要来时，便开始溃散了。仲芳氏在《庚子记事》中说，七月初十日，杨村被洋人占据、直隶总督自缢而死的消息传到北京，于

①［俄］德米特里·扬契维茨基：《八国联军目击记》，福建人民出版社，1983年版，第333-334页。
②［俄］德米特里·扬契维茨基：《八国联军目击记》，福建人民出版社，1983年版，第332页。

是"民心震动"。十二日，又哄传洋人占领河西坞。到了十三日，北京城里便人人面带仓皇之色，而从外州县各村庄涌进京城的义和团，"多有乘机卷旗私遁"。从周边乡村高举"保清灭洋"大旗开进北京的义和团，听说洋兵果真来了，便卷起旗子开溜，于是，北京城里"不似往日到处俱是团民。皆因外信紧急遂多瓦解"[①]。十六日，风闻我军营垒尽多溃散，敌军直逼通州，于是北京城各城门关闭，人心则越发慌乱。而"外乡义和团纷纷逃窜，红布裹首之人，沿街顿觉减少大半"[②]。既然洋兵要打进北京了，自然就想家了。那乡间的家，是安全的。于是取下裹头红布，回家去也。好几个月了，在京城忙于"保清灭洋"，家中的田地禾苗、鸡猪牛羊、父母妻儿，也不知怎么样了。是时候该回乡了。

仲芳氏在《庚子记事》中说，七月十七日，从与联军交战的战场上溃散的兵勇，开始大量涌进北京城。过去北京城里到处都是耀武扬威的团众义民，现在北京城里触目皆见丧魂失魄的散兵溃勇。这当然使得人心惊乱。于是街巷行人稀少。而"各处义和

---

① 中国社会科学院近代史研究所编：《庚子记事》，知识产权出版社，2013年版，第22页。

② 中国社会科学院近代史研究所编：《庚子记事》，知识产权出版社，2013年版，第23页。

团之坛，尽都拔旗拆棚，掩门潜逃"①。前几天没走的义和团，现在得走了，赶紧的！十八日，涌进城的散兵溃勇和本来驻守城内的军队肆行抢掠，"稍有抗拒者，即施械伤人，伤者死者甚多"②。这似乎透露了这样的消息：八国联军进入北京之际，许多中国人死了，但其中一部分，其实是死于中国的官兵之手。既然连官兵也在抢劫杀人了，那么：

　　义和团外乡之人，连夜逃遁，在京之人，改装易服。一日一夜之间，数十万团民踪迹全无，比来时尤觉迅速也。③

　　两月前，义和团意气风发、斗志昂扬地进入北京时，行动非常迅速。一眨眼间，北京城里到处都是团民。现如今，逃离北京城，行动更为迅速，半眨眼间，便消失得无踪无影。不过，并非所有的义和团团民都逃离了北京，也有一些人"改装易服"留在

----

① 中国社会科学院近代史研究所编：《庚子记事》，知识产权出版社，2013年版，第23页。
② 中国社会科学院近代史研究所编：《庚子记事》，知识产权出版社，2013年版，第24页。
③ 中国社会科学院近代史研究所编：《庚子记事》，知识产权出版社，2013年版，第24页。

了北京。留下的团民，当然都成了联军治下的"顺民"。

阴历七月二十日（阳历 8 月 14 日），联军袭陷北京。仲芳氏目睹了敌兵袭来时北京城内的情形：

无论何路军勇，以及八旗满蒙汉旗绿各营兵丁，无不弃甲抛戈而逃。义和团自前日俱已逃遁罄净，踪影全无，偶有京中之人，或有一二处未及拆棚毁坛而逃者，一闻洋人兵到，亦皆抛掷家眷，抱头远飏。是以敌兵入城，毫无阻拦，洋人垂手而得京师，呜呼！都城竟沦陷矣。自义和团肇乱起事，至于今日京师失陷不及百日。古来叛乱，失家失国，未有如此之速，宁非天数乎！[1]

这里的"偶有京中之人"，应该指本是京中居民而加入了义和团者。从外地州县涌进京中的义和团团民，在前几日风闻洋兵要到，即已逃离北京了。本是京中居民者，还要观望一下。等到洋兵真的进城了，也赶紧丢下父母妻小，溜之乎大吉。

---

① 中国社会科学院近代史研究所编：《庚子记事》，知识产权出版社，2013 年版，第 25 页。

联军来到北京时，并未遇到义和团抵抗。同天津人民一样，北京人民也以"顺民"的卑躬迎接联军。"城内日人所占领之界内各店铺，每家门首均悬挂'大日本顺民'等旗号"；"所遇华人，均手提一旗，上书'日本顺民'等字样。呜呼，惨矣！痛矣"。[①]门首挂一面"顺民旗"，已经够凄惨了。走在路上，还手持一面这样的旗子，那是何等难堪之事。北京人民也同天津人民一样，当"日本顺民"者居多，只能理解为确实是日本军队事先准备好了这种"顺民旗"，进城后要求百姓悬挂或携带。

京师地域广阔，八国联军占领着不同的区域。但挂"顺民旗"应该是普遍的现象。另一位杜姓人士在日记中也记述着联军进占后的北京情形："家家挂白旗，上书'顺民'二字。洋人满街行走，尚不伤人。"[②]陈恒庆在《清季野闻》中则说，联军进京后，他在北城，见家家户户都插着白旗，上写"顺民"二字。接着，陈恒庆说了这样一句意味深长的话："殆仿闯贼入京城之故事。"这让我们知道，当年李自成打进北京时，北京人民也是家

---

① 中国社会科学院近代史研究所编：《义和团史料》（上），知识产权出版社，2013年版，第173–174页。

② 中国社会科学院近代史研究所编：《义和团史料》（下），知识产权出版社，2013年版，第570页。

家户户挂上白旗，上书"顺民"二字。李自成是本国人在内部造反，是从陕西打到京城的；八国联军是临时拼凑起来的洋人军队，是从海上打过来的。但对于北京人民来说，这种差别并不重要，只要是征服者，管他是谁，管他来自哪里，自己都是"顺民"。这位杜姓人士又说，等到北城归日本军队占领后，日本军队遂"传喻各户撤去'顺民'二字，涂一红日于旗心。搜查拳匪，数日乃罢，此后居民颇相安"①。日本人的心思就是特别缜密。挂着写有"顺民"二字的旗子，不如干脆把"顺民旗"变成日本国旗。挂"顺民旗"，意味着这里还是中国，"顺民"也还是中国的民，只不过臣服于外来侵略者而已。而家家户户挂上日本国旗，看起来这里便成了日本国土，而人民也变成了日本国民了。张廷骧在《不远复斋见闻杂志》中也说，七月二十一日（阴历），皇太后与景皇帝（光绪）"蒙尘西狩"，各国联军遂入城，京城颇受蹂躏，而"前所谓义和团者早已鼠窜兽散矣"。②所有的资料都显示，在联军进入北京城时，义和团已跑光了。

① 中国社会科学院近代史研究所编：《义和团史料》（下），知识产权出版社，2013 年版，第 639 页。

② 中国社会科学院近代史研究所编：《义和团史料》（下），知识产权出版社，2013 年版，第 642 页。

洪寿山所撰《时事志略》第十五段"洋人破都城"，曰：

七月二十夜内，日本兵将登城。文武大臣影无踪，只剩一座空城。次日白旗满巷，皆与日本顺承，我等小民所当从，自古民顺天命。

"自古民顺天命"这说法，真令人唏嘘不已。所谓"顺民"，顺从的并非某个新来的统治者，而是不可抗拒的"天命"。既然是"天命"，便理当顺从。这真为自己在新的主人面前的奴颜婢膝找到了很好的借口。作者在这段顺口溜后面还写有这样的注释：

七月二十夜内，日本兵将上城，而白旗插于城上，宣武、朝阳、东直、安定、德胜各门大开，尽被洋人把守，任其洋人出入，而大清文武大小官员，尽皆隐匿无踪，而街市清肃异常，如空城也。二十一日，大小街巷门前，俱插白旗，上书"大日本帝国顺民"字样，我等小民，所当然也。自古以来，民顺天命，今亦然也。惟旗人与民不同耳。今我国大清未灭，偶然都城失守，而大小旗户，以及官宅府第，亦插白旗而从日本，殊属可笑可耻^①。

这番注释，实在太有意思了，让我独自笑得合不拢嘴。这意思是说，升斗小民，谁来统治就顺从谁，这本是天经地义。这大清的天下，本就是你们旗人的。将近三百年前，你们旗人打进北京，我们汉人当了顺民；将近三百年间，也一直是你们旗人的奴隶。现在这八国联军打进北京，也就如同当初你们满清入关、进占北京一样。而我们今天当这新的外来统治者的顺民，也正如当初当你们满人的顺民，并无特别失节、不义之处。可笑的倒是你们旗人。天下本是你们的，这联军一来，你们竟然也争先恐后地竖起了"顺民旗"。而既然作为主子的你们都竖起了白旗，我们本就是奴隶的人，就更可以把"顺民旗"竖得心安理得、坦坦荡荡了。

其实，插面白旗、自称顺民，还不算什么。荻葆贤在《平等阁笔记》中说，联军进入北京时，"箪食壶浆跪迎道左者，不胜

<hr/>

① 中国近代史资料丛刊《义和团》（一），上海人民出版社，2013 年版，第 93 页。

指屈"。许多人还箪食壶浆跪迎侵略者。而"其时朝贵衣冠，鼓乐燃爆竹，具羊酒，以迎师者綦众，今悉讳其名"。还有许多富贵之人，美酒牛羊之外，还敲锣打鼓、燃放爆竹，以迎接联军。荻葆贤很厚道，隐去了这些人的名字。荻葆贤接着写道：

迨内城、外城各地为十一国分划驻守后，不数月间，凡十一国之公使馆，十一国之警察署，十一国之安民公所，其中金碧辉煌，皆吾民所贡献之万民匾、联衣伞，歌功颂德之词，洋洋盈耳。若真出于至诚者，真令人睹之，且愤且愧，不知涕泪之何从也。又顺治门外一带为德军驻守地，其界内新设各店牌号，大都士大夫为之命名，有曰"德盛"，有曰"德昌"，有曰"德水"，有"德丰厚""德长胜"等。甚至不相联属之字，而亦强以德字冠其首。种种媚外之名词，指不胜屈。而英、美、日、意诸界亦莫不皆然。[1]

八国联军进占北京后，按国别划定统辖区域。而各区域的北

---

[1] 中国社会科学院近代史研究所编：《义和团史料》（下），知识产权出版社，2013年版，第666–667页。

京人民都给占领国的公使馆、警察署等机构献上万民匾、联衣伞，献得太多，以至于这些机构里面"金碧辉煌"。更让人寻味的是，这种行为仿佛出自真心，仿佛是真的感谢列强对北京的治理。在德国统辖区，许多店家的牌号都带上"德"字，店名都表现了歌颂德国的意思。我以前读书，看见北京的"德盛""德昌"一类店号，总以为这"德"是取古汉语中"德"字之意，读了获葆贤的《平等阁笔记》，才知道以前实在是误会了。

五

先前的义和团，在联军进城后，变成了入侵者的奴仆、鹰犬，这种情形，并非个别。龙顾山人的《庚子诗鉴》中有诗云："凭陵车瘦古希闻，可有神沙截海氛。脱得黄巾迎马首，大人北部已如云。"龙顾山人自注道："拳众所至，毁铁路电竿，谓可绝洋兵北来之路。日本兵至，节节前进，亦节节修整，旋复其初。匪扬言海乾神师于海口布沙百里，以阻敌船，亦无验。天津陷，残匪争解巾带，散匿民间，且多有迎降引导者。向者以洋人为大毛子，至是咸尊以洋大人。排外之风变而媚外，盖自此始。"[1] 联军来了，原来的义和团急忙解下头上的黄巾，隐身于民间，这也罢了。竟然多有迎接联军、成为联军"带路党"者；以前称洋人为"大毛子"，现在则口口声声"洋大人"。这就不能不令人慨叹了。还有些义和团团民，联军来后，"饰为联军，四出行劫"。[2] 化装成洋大人行劫，没人敢反抗，当然会大有收获。

李超琼在《庚子传信录》中则说：

京师既破，摇尾供奴隶役者，皆拳党也。[3]

杜氏在《庚子日记》中记道：

倭人到各村寻团，要开炮。各团云："此处无团，请搜。"匍匐叩头乞命，求再三，令立合同方饶。此耻西江难濯，颜面千古

---

[1] 中国社会科学院近代史研究所编：《义和团史料》（上），知识产权出版社，2013年版，第76页。

[2] 中国社会科学院近代史研究所编：《义和团史料》（上），知识产权出版社，2013年版，第110页。

[3] 中国社会科学院近代史研究所编：《义和团史料》（上），知识产权出版社，2013年版，第220页。

失尽，令人可气、可恨、可笑、可叹。至有今日，何必当初，想国运当然。^①

周作人在《知堂回想录》中说，1906年1月，他第一次到北京，住在客栈里。虽然已经过去了五六年，北京人民对义和团仍然谈之色变。周作人怀着好奇心向客栈伙计"打听拳匪的事情"，而伙计慌忙说："我们不是拳匪，不知道拳匪的事。"周作人又说，民国初年，钱玄同在北京做教员，雇有一个包车夫。此人自己承认"做过拳匪"，但其时已经是热心的天主教徒了。他在自己的房间里供着耶稣和圣母玛利亚的像，每日祷告礼拜十分虔诚。问他为何信仰了此前万分仇视的洋教，他答曰：

"因为他们的菩萨灵，我们的菩萨不灵嘛。"^②

（原载《钟山》2019年第2期）

———————————

① 中国社会科学院近代史研究所编：《义和团史料》（下），知识产权出版社，2013年版，第573页。

② 周作人：《知堂回想录》（上），北京十月文艺出版社，2013年版，第197–198页。

敬 告

由于编选时间仓促、工作量大，未能及时与所选作者一一取得联系，请见谅。

现仍有部分作者地址不详，为及时奉上稿酬和样书，请有关作者与编辑段琼、赵维宁联系。

E-mail：249972579@qq.com；1184139013@qq.com

微信号：Youyouyu1123；zhaoweining10

辽宁人民出版社

2023 年 1 月